13번째 증언

2009년
3월 7일,
그 후
10년

13번째 증언

윤지오 지음

가연

책을 내기까지

세상을 살아가다보면 간혹 예상치 못했던 난관에 부딪히고는 한다.

그런 일들은 때로는 버겁다 못해 살아갈 힘을 앗아갈 때도 있다. 내게도 그런 고비가 몇 차례 있었다. 첫 번째 고비는 한창 사춘기를 겪던 중학생 시절에 있었다. 학교 폭력을 목격한 쇼크로 정신을 잃고 쓰러졌다. 다행히 가족들의 도움으로 힘든 시기를 넘길 수 있었지만 여전히 내 인생에 큰 트라우마로 남아있다.

가장 큰 고비는 스무 살 무렵에 찾아왔다. 단단하게 여물지도, 사리판단을 제대로 할 수 있던 때도 아니었다. 장자연 언니의 죽음은 내가 감당하기엔 너무 큰 슬픔이었다. 언니의 죽음이 남긴 숫한 의문은 나를 오랜 시간 옥죄었다. 사실이 규명된 것은 별로 없었고, 내 진술에도 불구하고 사건은 유야무야 덮이고 말았다. 죽음으로 항변했던 언니의 억울함을 그 누구도 시원히 밝혀주지 않았던 것이다.

나는 경찰과 검찰에 나가 열두 번이나 진술을 했다. 또한 피의자들과 대질 신문도 했다. 당시는 아르바이트와 학업 그리고 일을 병행해야 하는 때였지만, 내가 당연히 해야 하는 일이라고 생각했다. 내가 아니면 진실을 증언할 수 있는 사람이 없다는 사명감도 있었다. 그럼에도 불구하고 수사를 받는 동안에 겪었던 마음고생을 어떻게 다 말할 수 있을까. 조사 후에도 아주 오랜 기간 고통스러웠다. 정신과 입원 치료까지 받아야 했으니 말이다.

그리고 9년의 세월이 흘렀다. 많은 국민들의 청원에 힘입어 재수사가 시작되었다. 나는 다시 증언대에 서야 했다. 나의 고통을 알 리 없는 누군가는 내가 유명세를 얻기 위해 증언대에 선다는 말을 서슴지 않았고 그보다 더 심한 말로 나를 모욕했다. 가족은 나의 고통을 생생히 지켜봐 왔기에 이번에는 증언을 하지 않길 바랐다. 하지만 고통 속에서 죽음으로 항변했던 자연 언니에 비하다면 나의 고통은 감내해야 했다. 나는 언니를 외면할 수도 잊을 수도 없다. 그래서 다시 진실을 증언하러 한국으로 돌아왔고, 진실을 밝혀야만 했다.

사람들은 나에게 이미 훌쩍 시간이 지나버린. 10년 전 그때의 일들을 어떻게 기억하는지 묻는다. 대부분의 사람들이 그렇듯 제일 처음 경험한 것은 쉽게 잊히지 않는다. 나 역시 마찬가지다. 당시의 나는 그저 꿈이 좌절될까 두려워하던 연예인 초년생이었다. 사회에 나와 생경하기만 했던 첫 경험들을 어떻게 잊을 수 있을까. 내 기억 속에는 그때의 모든 일들이 지금도 선명하게 남아있다.

나는 그 일 이후 연예계에서 퇴출 아닌 퇴출을 당했고 힘든 세월을 겪어내며 한국을 떠나 외국에서 숨어 살듯 숨죽여 지내야만 했다. 나는 또 다른 피해자가 되었고, 계속되는 트라우마로 힘겹게 살아왔다. 다리가 없는데 달리고 싶은 심정이었다. 목소리를 내어 고래고래 소리를 지르려 해도 아무런 소리조차 나오지 않는 그런 기분. 설사 그렇게 소리를 내지른다 해도 그 누구하나 들어주지 않는 그런 심정으로 하루하루를 살아왔다. 나는 억울했다. 하지만 언니의 죽음 뒤에 서 있던 그들은 여전히 잘 지내고 있다. 고통스런 시간 속에서 나는 그들의 모습을 지켜봐야 했고, 시간이 흘러 다시 증언대에 올랐다. 과거에도 그랬지만 지금도 나는 내가 할 수 있는 일을 할 뿐이다.

아무리 오랜 시간이 흘렀어도 가해자는 분명히 존재한다. 가해자 없는 피해자가 있을 수 있을까? 시간이 피해자의 고통을 사라지게 만들 수 있을까? 나는 없다고 생각한다. 그런데 가해자로 처벌받은 사람은 단 두 명에 지나지 않는다. 이제는 잘못을 저지른 이들을 단죄해야 할 때다.

올해는 자연 언니의 사망 10주기다. 늘 나를 애기라고 불렀던 사람……. 자연 언니가 이제는 진정한 안식에 들길 바라면서 이 글을 썼다. 그리고 나도 이제는 이 무거운 짐을 내 삶에서, 내 어깨에서, 내 머릿속에서 털어내고 싶다. 그간 나를 따라다니던 '장자연 사건의 목격자'라는 이름으로 더 이상은 법정에 설 이유가 없기를 바란다.

거짓 속에 묻혀있던 진실이 내 마지막 증언으로 세상 속에 모습을 드러내기를 간절히 희망한다. 이것은 언니와 나를 위한 진실의 기록이다. 또한, 다시는 일어나지 말아야 하는 일들의 기록이며, 언니도 나도 맘껏 꿈을 펼치며 나아갈 수 없었던 그 길에 대한 아쉬움과 미련을 담은 기록이다. 다시 한 번, 자연 언니 사건의 재조사가 이루어지도록 국민청원을 해주신 모든 분들께 머리 숙여 진심으로 감사드린다.

Contents

장자연 사건과 리스트의 유일 **목격자**인
윤지오가 밝히는 10년의 기록

Contents **9**

13번째 증언 I

　자연 언니가 생을 마감한 이후 나는 어느 한때도 언론으로
부터 자유롭지 못했다. '장자연 사건'의 직접 목격자이기 때문
이다. 다시 법의 심판대에 세워진 이 사건 때문에 나는 또다
시 언론들의 집중적인 관심거리가 되었다. 그들은 내가 법정
에 증인으로 설 것인지, 드러나지 않은 '장자연 사건'의 실체
가 있는지를 끊임없이 물어왔다. 그 속에 웅크리고 있는 모욕
적인 관심을 숨겨놓은 채 말이다.

　10년 만에 다시 증언대에 올랐다. 2008년 8월 5일 장자연
소속사 대표 생일파티에 참석한 전 ㅈ일보 기자 C가 장자연을
강제추행 했다는 혐의를 받는 사건과 관련해서다. 2009년 당

시, 경찰은 내 진술을 바탕으로 C를 기소의견으로 송치했다. 하지만 검찰에서는 내 진술의 신빙성이 떨어진다는 이유로 불기소 처분했다. 10년이 지나 2018년 4월 2일, 법무부 검찰 과거사위원회는 C를 불기소했을 당시의 수사가 미진했다며 재수사를 권고했고, 검찰의 재수사 끝에 C를 재판에 넘겼다.

2018년 12월 3일, 때 이른 추위 속에 호텔을 나섰다. 길가에 서있던 승합차에서 낯익은 수사관들이 내려 뒷문을 열었다. 증인보호를 위해 파견된 그들과 짧게 아침인사를 나눈 것을 끝으로 승합차 뒷좌석에 앉아 나는 좀처럼 입을 떼지 못했다.

상상도 못했던 사건에 휘말려 제대로 꿈을 펼치지 못한 채 가혹한 이십 대를 보내고, 그 녹록치 않은 세월 끝에 쫓기듯 한국을 떠났다. 버겁다는 말로는 부족한, 나 역시 삶을 저버리고 싶을 정도로 형벌 같았던 10년의 세월을 지나 다시 법정에 출석하기 위해 한국을 찾았다. 이전의 증언과 다른 것이 있다면 '배우 윤 모 씨'나 가명이 아닌 내 이름으로 당당히 진실을 말하겠다는 결심을 하게 된 것이다. 하지만 많은 사람들 앞에 내 이름이나 얼굴을 알리는 것이 생각만큼 쉽지는 않았다. 세상에서 심장과 머리 사이만큼 먼 거리는 없다고 했던가. 막상 결심을 했으면서도 지난날을 돌이켜보면 두려움이 밀려왔다.

예전처럼 법원 정문에 진을 치고 있을 많은 기자와 카메라를 피해 일찍이 길을 나섰다. 30분 뒤면 도착할 것이라는 수사관들의 예상과는 달리, 붐비는 도로 위에서 승합차는 가다 서다를 반복했다. 자꾸만 목이 타서 연신 생수를 들이켰다.

법원 표지석이 눈에 들어왔다. 지하 주차장에 멈춰선 차에서 내려 법원 직원들만 사용한다는 통로를 따라 증인 대기실로 향했다. 예전과는 다르게 기자들을 마주치지 않는 것만으로도 한숨 돌릴 수 있었다. 하지만 그것도 잠시뿐. 나는 증인석에 앉아야 했다. 피의자 C와는 이미 10년 전 경찰에서 대질심문까지 했었지만, 또다시 그의 시선을 받으며 그날의 일을 증언해야 한다는 것이 너무 고통스러웠다. 다행히도 피의자 C와 법정에서 얼굴을 마주하지 않게 해달라는 나의 요청이 받아들여졌고, 비공개 심리가 결정되었다.

복도를 지나 취재진이 몰려 있는 반대쪽 문을 통해 법정에 들어섰다. 증인선서를 마치자 검찰의 질문이 시작되었다. 나는 검찰의 질문 하나하나를 놓치지 않으려 애쓰면서 증언을 이어나갔다. 그 이야기들은 한 번도 치료받지 못해 아물지 않고 깊이 곪아버린 상처 같았다. 눈물이 터져 나오려 했다. 그것이 이미 세상을 등진 자연 언니에 대한 안타까움이었는지,

나약하고 힘없는 신인배우를 죽음으로 몰아넣은 권력자들에 대한 분노였는지, 아니면 살아남은 자의 미안함이었는지……나는 모르겠다. 열두 번이나 경찰과 검찰에 불려나가 끝없이 반복했던 증언은, 내게는 새로울 것 하나 없는 이 이야기들을 여전히 진위를 가리기 위해 법정 공방을 벌여야 하는 것임을 절감한 눈물이었을지도 모르겠다.

짧은 휴정이 끝나고 피의자 측 변호사의 질문이 시작됐다. 법정 뒤편에 설치된 가리개 너머로 피의자 C의 기침소리가 간간히 들려왔다. 유난히 크고 무겁게 느껴진 그의 기침소리는 마치 자신의 존재를 알려 내게 심리적 위축을 주려는 의도처럼 느껴졌다. 개의치 않으려 증언에만 온 신경을 쏟아 부었다.

피의자 측 변호인의 질문은 10년 전 그때와 크게 다르지 않았다. 10년 전 검찰이 불기소처분을 내렸을 때와 마찬가지로 내 증언의 신빙성을 떨어트리려는 의도가 느껴졌다. 갖고 들어간 생수를 다 들이킨 후, 나는 또 한 병을 요청했다. 나는 장자연 언니를 성추행 사람은 내 기억 속에서 단 한 번도 바뀐 적이 없이 줄곧 C였음을 끊임없이 반복해야 했다.

착한 아이 콤플렉스

나는 대전의 변두리에서 태어났다. 삶을 송두리째 흔들어 놓은 사건에 휘말려 어느 순간 내 의지대로 살아갈 수 없는 상황이 되기 전까지 나는 따뜻하고 윤택한 환경에서 어린 시절을 보냈다.

어린 시절의 내 이름은 사랑 愛(애), 꽃부리 英(영)을 쓰는 애영이다. '사랑스러운 꽃'이라는 의미로, 아버지는 엄마 뱃속의 아기가 아들인지 딸인지도 모른 채 임신 소식을 듣자마자 바로 그 이름을 지었다고 했다. 세상의 어떤 꽃보다 사랑스럽게, 아름다운 이슬만 머금으며 곱고 귀하게 자라나기를 바라는 아버지의 마음이 고스란히 담긴 이름이었다. 아들이면 어떻게 하냐는 엄마의 물음에 더 이상 아들은 필요 없다던 아버지의 농담처럼 나는 딸로 태어났다.

아버지는 선원이 60여 명 정도인 참치잡이 원양어선의 선장이었다. 한 번 집을 떠나면 2, 3년 만에 돌아와서 짧게는 며칠, 길게는 한두 달 머물다 다시 배를 타고 떠났다. 옆집 아저씨보다 얼굴을 마주할 수 있는 기회가 적었던 것이다. 그래서인지 어렴풋이 기억나는 내 유년시절의 한 장면이 있다. 아버지가 오랜만에 집으로 돌아오는 날이면 오빠와 나는 아파트 베란다로 나갔다.

"나도 아빠 있다! 와서 봐라. 우리 아빠 키도 크고 잘생겼다! 우리도 아빠 있다!"

그렇게 아버지가 있다는 사실을 목청껏 외쳐 동네 친구들에게 알렸을 만큼, 어린 시절 아버지의 부재는 늘 결핍처럼 자리 잡고 있었던 것 같다.

아버지가 몇 년씩 집을 비울 때면 또래의 어린 친구들은 아빠 없는 아이라며 수시로 놀려댔다. 나는 아빠와 함께 있는 아이들을 넋을 놓고 지켜보며 부러워했다. 그래서 아버지가 집으로 돌아온 날이면 나도 여느 아이들처럼 아버지의 손을 잡고 목마를 탄 채 밖으로 나갔다. 아버지는 훤칠한 키에 외국인

처럼 또렷한 이목구비로 사람들의 시선을 받곤 했다. 이따금씩 외식을 할 때면 아버지를 배우로 착각한 식당 아주머니가 "TV에서 잘보고 있다."며 반찬을 서비스로 더 내주기도 했다. 나는 그런 아버지가 늘 자랑스러웠다.

아버지의 부재를 느낄 수 없을 정도로 밝고 유쾌하고 다정했던 엄마는 유치원을 운영했다. 두 살 터울의 오빠는 짓궂은 장난을 잘 치는 개구쟁이였다. 나는 그런 오빠 밑에서 살아남기 위해 나름의 생존 전략을 가지고 있었는데, 그건 바로 여자 아이들이 갖고 노는 인형을 포기하고 남자 아이들처럼 로봇과 칼을 가지고 오빠에게 순종하는 것이었다. 친가와 외가의 사랑을 한 몸에 받던 오빠를 부러워하기도 했는데 그래서 더 순종적이고 착하게 보이려 애썼다.

어린 나이였지만 눈치가 빨랐던 나는 그 누구라도 내게 싫은 내색을 보이면 혹시 미움을 받고 있는 건 아닌지 전전긍긍했던 것 같다. 어린 아이들이라면 늘 받아야만 했던 난감한 질문에도 마찬가지였다. "엄마가 좋아? 아빠가 좋아?"라는 질문에 오빠는 늘 엄마라고 했다면, 나는 엄마 앞에서는 엄마, 아버지 앞에서는 아빠, 그리고 함께 있으면 "둘 다!"라고 했다.

유치원에 입학하기 전 어느 날인가 부모님과 포장마차에

갔었다. 안주로 나온 꼬막무침을 먹는 어린 나를 그 안에 있던 어른들 모두가 신기해했다. 그 관심이 좋아서였는지 무슨 맛인지도 모르는 꼬막무침을 연신 집어먹었던 기억이 난다. 어린 아이가 잘도 먹는다는 한마디에 늘 허기졌던 사랑과 칭찬, 그리고 관심이 담겨 있다고 느꼈던 것이다.

누군가의 비위를 맞추고 눈치를 보고 화를 참고 짜증 한 번 내지 않던 내가 가장 많이 들었던 말은, "예의 바르다, 착하다."였다. 그렇게 나는 착한 아이가 되어 갔다. 아니, 착한 아이여야만 한다고 생각했다. 지금 생각하면 '착한 아이 콤플렉스'에 걸려 있었던 것은 아니었을까 싶을 정도였다. 그것은 어떤 상황에서든 지독하리만큼 참아내게 하는 이상한 인내심을 만들어냈고, 훗날 성인이 되었을 때에는 '가면 우울증'이라는 진단을 받는 데에 한몫을 했다.

가면 우울증은 말 그대로 마치 가면을 쓰고 있는 것처럼 겉으로는 별로 드러나지 않는 우울증이다. 우울감과 무력감이라는 대표적인 우울 증상이 겉으로 드러나지 않아 좀처럼 자신도 쉽게 깨닫지 못한다. 가슴 속에서는 감정이 요동을 쳐도 스스로 착한 아이라고 위안하며 나는 괜찮다, 행복하다, 웃음 지으며 참아내던 탓에 20대의 나는 가면 우울증을 앓았었다.

그렇게 사랑받기 위해 애쓰던 나는 유년기를 마치고 초등학교에 입학했다. 오빠와는 달리 한글도 깨치지 못하고 들어간 초등학교는 다른 세상 같았다. 엄마는 성적이 뛰어나 자만하는 오빠를 보면서 내게는 일부러 한글을 가르치지 않았다고 했다. 겸손과 성실함을 배우길 바라는 마음에서였다. 내게는 상형문자처럼 보이는 한글을 다른 아이들은 술술 읽어내고 구구단까지 완벽하게 외웠다. 창피하다는 생각은 들었지만, 성적에 대해 부담을 전혀 주지 않던 엄마 덕분에 즐겁게 지낼 수 있었다. 그렇게 초등학교 1, 2학년까지 내 성적은 우리 반 45명 아이들 중 늘 하위권을 맴돌았다.

대신 아이들 사이에서 인기는 제법 있었다. 나는 또래보다 키가 컸는데 그건 유전적인 영향이었던 것 같다. 큰 키 때문에 맨 뒷줄에 앉아있던 나는 쉬는 시간이 되면 남자 아이들과 함께 농구를 하며 운동장에서 뛰어놀았고, 곤충채집을 한다며 사마귀를 찾아 들판을 헤매곤 했다. 호탕한 뱃사람이었던 아버지의 성격을 닮아 나도 말괄량이였고 쾌활했지만, 예의 그 착한 아이 콤플렉스 때문에 반 아이들의 부탁을 거절하지 못했다. 늘 친구들과 잘 지내려고 애를 썼고, 그러다보니 반 친구들의 투표를 통해 받는 선행상은 늘 내 차지였다. 하지만 미술이나 체육 과목을 제외하고는 여전히 학업은 부진한 편이었다.

그러던 어느 날, 어린 내게는 꽤나 충격적인 일이 벌어졌다. 그날도 학교 수업이 끝나 친구들과 놀이터에서 놀고 있을 때였다. 함께 놀던 친구 중 한 아이의 엄마가 놀이터에 와서는 유독 나를 지목하며 "얘가 애영이니?"라고 묻는데, 영 표정이 좋지 않았다. 친구의 손목을 잡아끌고 집으로 데려 가면서 "공부 못하는 애랑은 놀지 마."라고 하는 말이 들렸다. 남겨진 나는 공부를 못하면 친구를 사귀기도 어려운 일이라는 생각이 들었다. 그래서 공부를 열심히 해야겠다고 마음먹었고 성적은 생각보다 빠르게 향상되었다. 성적이 오르니 공부가 재미있어졌고 그렇게 시작된 공부 욕심은 대학원에서 국제 MBA 석사학위를 취득할 때까지 계속되었다.

어렸을 때부터 건강한 오빠와는 다르게 나는 잔병치레를 자주 했다. 한번 병이 나면 크게 오랫동안 아파서 엄마의 걱정은 오직 내 건강에 관한 것뿐이었다. 엄마는 어느 날 TV에서 본 발레 동작을 흉내 내는 나를 보더니 발레 학원에 데리고 갔다.

처음부터 발레는 재미있었다. 매일 발레교습소를 다니며 하루에도 2, 3시간 이상은 꼭 연습을 했으니 말이다. 그렇게 열심히 발레를 할 수 있었던 또 다른 힘은 아무래도 자주 만날 수 없는 아버지에 대한 그리움이었던 것 같다. 아버지 앞에서 언젠가는 발레를 선보이겠다는 마음에 무던히도 열심히 연습을 했었다. 그러다보니 언젠가는 큰 무대에 서고 싶다는 생각도 들었고, 초등학생 때부터 중학생 때까지 8년간 발레를 계속할 수 있었다.

연예인이 되고 싶다는 생각을 했던 것은 아니었지만, 어릴 적의 나는 남들 앞에 서는 것이 좋았다. 초등학교 5학년 때는 학교 방송반에 들어갔고, 아나운서로 활동했다. 조회나 운동회, 또 학교 소식을 전하는 방송에서 진행을 맡았다. 내 생애 처음 카메라 앞에 서는 경험이었다. 또 대전에 있는 한 백화점의 모델로 활동했던 엄마를 따라 아역 모델을 선발하는 콘테스트에도 참가했다. 2등의 성적으로 입상했고, 잠시 백화점에서 발간하는 소식지의 모델로도 활동했다. 되돌아보면 어린 시절 추억 속의 나는 막연하게나마 연예인의 꿈을 다져나가고 있었던 것 같다.

중학교에 입학할 즈음에는 훌쩍 키가 컸다. 그래서인지 몸의 좌우 균형이 무너지고 틀어지면서 유독 한쪽 어깻죽지가 눈에 띄게 도드라지기 시작했다. 병원에서는 척추 측만증이라고 했다. 의사는 척추 측만증이 심한 편이라 발레를 계속한다고 해도 일류 발레리나가 되기는 힘들 것 같다는 말을 조심스럽게 꺼냈다.

척추 측만증이 아니어도 나와 함께 춤출 수 있는 큰 키의 남자 무용수를 찾는 일은 쉽지 않을 것 같았다. 발레는 남자 무용수와 함께 춤을 추며 여자 무용수를 들어 올리는 동작이 많기 때문에 이래저래 발레를 계속하기에는 무리가 있어 난감한 상황이었다.

8년 넘게 해온 발레를 그만 두어야 한다는 생각에 보름 정도를 울며 지냈다. 그 모습을 보고 엄마는 한국무용으로 전공을 바꾸길 권했다. 발레와는 달리 독무도 많고 춤추는 방식이 다르니 키가 문제가 되지는 않을 거라며 설득했다. 나는 어쨌든 춤을 추고 싶었기 때문에 한국무용을 시작했다. 기본적인 동작이 많이 다르긴 했지만 어릴 때부터 춤을 배워온 덕에 빠르게 습득할 수 있었고 시작한지 얼마 되지 않아 어느 정도 궤도에 오르게 되었다. 두발 단속이 있던 시절이었지만 학교에서는 언제든 무대에 오를 수 있게 긴 머리를 허용해주었다. 가끔은 이런 특혜를 곱지 않은 시선으로 보는 친구도 있었지만, 그럭저럭 학교생활에도 잘 적응해갔다.

오빠와 나는 같은 중학교에 다녔다. 당시에는 2, 3학년 선배들과 후배들이 X언니, Y동생을 맺는 것이 유행이었다. 명분은 학교생활에 적응할 수 있도록 선배들이 후배를 챙기는 것이라고 했지만, 막상 X언니를 자청한 선배들은 그리 친절한 상급생들은 아니었다. 내게도 X언니, Y동생을 제안한 선배가 있었지만, 거절했다. 다행히 전교 부회장직을 맡고 있었던 오빠덕분에 괴롭힘 없이 잘 넘길 수 있었다. 하지만 친구들의 사정은 달랐다. 어느 날인가 X언니들이 친구들을 학교 옆 공중화장실에 모이라고 했다. 소위 '집합'이었다. 별 생각 없이 친구들을 따라 나섰고, 그때까지만 해도 이 일이 불러올 파장에 대해서는 전혀 예상하지 못했다.

화장실에 들어가자 선배들은 친구들을 일렬로 세웠고, 나만 다른 한쪽에 세워놓고는 친구들에게 갖은 욕설과 폭력을 휘두르기 시작했다. 머리채를 쥐고 흔들며 화장실 바닥에 쓰러트리고 발로 밟고 청소함에 있던 대걸레를 찾아내 때리기도 했다. 맞아야 하는 이유는 후배들끼리 서로 험담을 했기 때문이랬다. 나는 그 끔찍했던 폭력을 고스란히 두 눈에 담았다. 선배 X언니들의 행각은 곱절의 시간이 지난 지금도 절대 잊히지 않는다. 그들은 "너는 착하니까, 우리들 험담을 너만 안 했으니까."라며 내 눈 앞에서 친구들을 폭행했고 나는 '나 혼자만 맞지 않았다.'는 죄책감에 사로잡혀 차라리 나도 맞는 게 낫겠다는 어리석은 생각까지 할 정도였다.

지금에야 학교폭력이라고 해서 심각한 사회문제로 인식하지만, 당시에는 그저 선배가 후배들을 조금 거칠게 다루는 정도라고 생각했고, 학교나 부모님께 도움을 요청할 수 있는 분위기가 아니었다. 더군다나 폭력을 행사한 선배들의 협박도 살벌함 그 자체였기 때문에 어느 누구도 엄두를 내지 못했다.

그렇게 시작된 선배 X언니들의 폭력은 좀처럼 끝이 보이지 않았다. 수시로 노래방이며 주차장으로 불려가 피를 흘릴 정도로 폭행을 당했고 장이 파열된 친구도 있었다. 그때도 나는 피해자가 아닌 목격자가 되어 이 상황들을 모두 지켜봐야 했다.

내 인생에 있어서 첫 목격자가 되어야 했던 이 사건은 생각보다 심각한 결과를 불러왔다. 학교 근처에서 X언니들처럼 생긴 사람만 지나가도 무서워 움츠러들었고, 친구들이 나를 미워할 것이라는 생각에 괴로워했다. 그렇게 꽤 오랜 시간 혼자 속앓이를 하며 학교를 다니던 어느 날이었다. 별안간 머릿속이 아득해지며 정신을 잃었다. 눈을 떠보니 병원이었고, 어떻게 된 일인지 전혀 기억이 나지 않았다. 그 후에도 여러 차례 정신을 잃는 일이 자주 반복되자 엄마는 심리치료를 받게 했고 그간 내가 목격한 학교폭력에 대해 알게 됐다. 어린 딸이 토해내는 목격담에 놀란 엄마는 유학을 결정했다. 마침 우리나라에 한창 유학 붐이 일던 때라 유학 수속은 생각보다 신속히 진행되었다. 그렇게 2001년 겨울이 시작될 무렵, 나는 엄마, 오빠와 함께 한국을 떠나 캐나다로 향했다.

03

밀가루 외계인

캐나다로 온 우리 가족은 온타리오 주 토론토 시에 자리를 잡았다. 캐나다의 생활에 익숙해질 여유도 없이 나는 곧장 우리의 중학교 1년과 같은 7학년에 편입했다. 캐나다의 교육과정은 초등학교부터 고등학교까지를 전부 합친 12학년제이다. 한국에서 중학교 1학년을 마치고 캐나다로 갔으니 당연히 8학년에 진학할 것이라 생각했는데, 학업을 따라가기 힘들 것이라는 엄마의 염려 때문에 중학교 1학년에 해당하는 7학년이 되었던 것이다.

막상 캐나다의 학교에 입학을 하긴 했지만, 우리나라에서 중학교 1학년 과정을 마치고 한 달 정도 영어공부를 한 실력으로는 도통 말이 통하지 않았다. 특히나 캐나다의 제2 외국어인 불어수업은 더욱 그랬다. 영어 실력도 형편없는 내가 영어로 가르치는 불어수업을 알아들을 리 만무했던 것이다. 한국에서 한글을 모른 채 초등학교에 입학했을 때처럼 또다시 막막해졌다. 그러다보니 한동안은 본의 아니게 과묵한 아이가 되어야만 했다. 더군다나 학교폭력을 피해 유학길에 올랐던 터라 친구를 사귀는 일에는 영 의욕이 생기지 않았다. 학교에 있던 몇몇 한국인 친구들이 말을 걸어와도 못 알아듣는 척을 한 탓에, 어느 새 내 국적은 중국이 되어 버렸다.

스스로를 소외시키며 소통을 단절했던 내가 그나마 숨통을 틀 수 있었던 것은 수학 시간이었다. 중학교 1학년 과정을 마친 내게 캐나다의 수학문제는 순식간에 척척 답을 써내려갈 정도로 쉬웠다. 이를 지켜본 아이들은 나를 수학 천재라고 치켜세웠다. 신비주의 콘셉트의 수학천재……. 그 덕분이었을까. 점점 학교에 재미를 붙이면서 제법 적응을 잘 해낼 수 있었다.

캐나다로 가서는 아버지가 지어준 애영이란 이름 대신, 외국인 친구들이 쉽게 부를 이름이 필요했다. 이런저런 고민 끝에 지오라는 이름을 생각해냈다. 지구를 의미하는 'geo'라는 뜻도 되고 한문으로는 땅 지(地), 밝을 오(旿)를 써서 '지구를 밝히는 사람이 되자'라는 뜻을 담았다. 나는 이 이름이 퍽 마음에 들어 나중에 한국에서 방송활동을 할 때도 '지오'라는 이름을 썼다. 나를 지오라고 부르던 친구들은 밀가루 외계인이라는 별명을 붙여줬다. 동양인 치고는 피부가 하얘서 밀가루, 엉뚱한 일을 자주 벌인다고 외계인. 그렇게 나는 또래의 아이들과 하루하루를 재미있게 보내며 평범하고 발랄하고 조금은 엉뚱한 십대로 돌아올 수 있었다.

캐나다의 청소년들이 의례 그렇듯 나도 하루 몇 시간씩 아르바이트를 하며 용돈을 벌었다. 공부에 방해가 되지 않는다면 스스로의 힘으로 돈을 벌어 쓰는 게 당연시 되는 분위기였다. 마침 집 앞에 한국 팬시 문구점이 하나 있었다. 나는 그곳에서 아르바이트를 시작했다.

그날도 나는 학교 수업을 마치고 아르바이트를 하기 위해 문구점으로 갔다. 둘둘 말린 포스터가 한 무더기 있었다. 상품 선전물이라고 생각했던 포스터에는 〈發樂 2, made in canada(발악 2, 메이드 인 캐나다)〉라는 오디션 공고가 실려 있었다. 한 인터넷 음악 전문 사이트에서 개최하는 신인가수 선발대회였다. 정확한 액수는 기억나지 않지만, 아르바이트

급여에 비해 엄청난 금액이 오디션 상금으로 걸려 있었다.

포스터를 붙일 생각도 하지 않고 나는 몇 번이나 읽고 또 읽었다. 오디션 공고문에는 서류심사에 이어 바로 본선을 치르는 이틀간의 일정이 나와 있었다. 떨어져도 밑져야 본전이니 일단 참가하기로 마음을 먹었다. 춤이라면 어디가도 빠지지 않는다는 자신감에, 어려서부터 남들 앞에 서는 것을 좋아했기 때문에 조금의 망설임도 없었다. 마침 엄마는 아버지가 있는 해외에 있어서 허락을 받을 수도 없는 상황이었다. 엄마의 반대에 부딪힐 염려가 없으니 한편으로는 잘 되었다는 생각도 들었다. 오디션에 떨어지면 아무도 모르게 참가 사실을 묻어버리면 그만이었다.

오디션 응모서류를 내려고 하니 프로필 사진이 필요했다. 사진관에 가서 찍는다면 내 아르바이트 비로는 감당할 수 없을 정도로 비싼 데다, 오디션에서 떨어지면 괜히 돈만 날리게 될 것이라는 생각이 들었다. 다른 방법을 생각해야 했다.

나는 오빠에게 이 사실을 털어놓고 협조를 요청했다. 그리고 의상을 골라 입고 살고 있던 아파트 잔디밭으로 내려갔다. 그 후 아버지 카메라를 찾아 들고 내려온 오빠가 사진을 찍어주었다. 그렇게 프로필 사진은 해결했고, 다음은 서류를 작성하는 일이 남았다. 가수 지망과 모델/연기자 지망, 두 부문 중 하나를 선택해 응모할 수 있었다. 춤은 자신이 있었지만 가수가 되기에는 실력이 부족했다. 연기 연습도 해본 적이 없으니 168cm의 큰 키를 이용해 모델에 도전해보기로 했다. 분명히 무대에 오르면 개인기를 해보라고 할 테니 노래와 춤은 특기 사항에 적어 넣으면 될 것 같았다.

오빠가 찍어준 사진 덕분이었을까, 나는 1차 서류 심사를 통과하고 본선 오디션에 진출하게 되었다. 나중에 들은 이야기지만 대부분의 참가자들과 다르게 아마추어였던 오빠의 사진 솜씨와 아파트 잔디밭에서 찍은 모습이 더 순수해 보여 높은 평가를 주었다고 했다. 어찌되었든 오빠 덕분에 서류에 합격한 셈이다.

본선 무대에서는 보아의 '넘버1'을 부르고 춤을 췄다. 무사히 무대를 마치고 오디션 결과를 기다렸다. 열심히 본선 무대를 연습한 덕분인지 아니면 나이에 비해 성숙해 보이는 외모와 애늙은이 같은 말투가 나를 독특하게 보이게 만들었는지, 나는 모델/연기자 부분 1등을 하고 연예계라는 세상의 입구에 서게 되었다.

여행을 마치고 집으로 돌아온 엄마에게 입상 소식을 알렸다. 그리고 연예인을 하겠다고 말했다. 함께 기뻐하던 엄마의 얼굴에서 웃음기가 사라졌다.

"연예인을 하겠다고?"

놀란 엄마의 물음에 나는 태연히 그렇다고 대답했다. 다행히 꾸지람을 듣지는 않았지만, 허락도 해주지 않았다. 그런 상황에서 계약 요청이 들어왔다. 오디션 입상자 중 나를 포함한 단 3명에게만 계약 요청이 들어왔는데 엄마는 찬성해주지 않았다. 당시는 미성년자였기 때문에 내 마음대로 계약을 할 수도 없었다.

어떻게든 엄마의 응원을 받으며 시작하고 싶었다. 하지만 엄마는 좀처럼 허락을 하지 않았다. 나는 이미 가수가 되어 무대 위를 주름잡는 꿈을 꾸고 있었다. 이런 나를 지켜보던 엄마는 하는 수 없이 오디션을 주최한 기획사 대표를 홀로 만나 담판을 지었다. 계약은 지금 미리 해두지만, 고등학교를 마친 후 방송활동을 시작하자는 것이었다. 당장 한국으로 돌아가 연습생을 시작한다고 해서 연예인으로서 성공한다는 보장이 있는 게 아니니, 나중에 무엇을 하든 먹고살 수는 있도록 학교는 마치고 보내겠다는 엄마의 간곡함이 담긴 제안이었다. 기획사 대표도 이 중재안에 기꺼이 합의를 했다.

그 후 엄마는 계약을 하는 자리에 나를 데려나갔고, 그 자리에서 기획사 대표는 나를 배우로 키우겠다는 뜻을 밝혔다. 딱히 연기수업을 받아본 적도 없는 나를 배우로 만들겠다는 데는 이유가 있었다. 지금과는 달리 당시 대부분의 걸 그룹 멤버들은 자그마한 키에 사랑스러운 분위기가 넘쳐흘렀다. 그런 흐름 속에서 나는 키가 너무 컸고, 솔로 가수가 되기에는 가창력이 받쳐주지 않았다. 기획사 대표로서는 어찌 보면 불가피한 선택이었겠지만 나는 연예인이 된다면 그것이 가수든 배우든 상관없었다.

하루 빨리 한국으로 가고 싶었다. 하지만 이제 겨우 8학년, 12학년까지 학업을 마치고 졸업을 하기까지는 앞으로도 4년의 시간이 더 필요했다. 그때까지 무작정 기다려야 한다고 생각하니 눈앞이 깜깜했다.

지금 생각해보면 당시의 나는 꽤나 당돌하고 적극적이었던 것 같다. 더 이상 엄마를 조르지도 않았고, 그렇다고 체념한 것도 아니었다. 나는 한국으로 갈 방법을 어렵게 찾아냈다. 바로 조기졸업, 그것이었다. 어떻게 내가 그 방법을 찾아냈는지는 기억나지 않지만, 온타리오 주 교육청에서 시행하는 시험을 봐서 통과하면 학점이 인정된다는 사실을 알게 된 것이다.

단, 조기졸업을 하기 위해서는 12학년까지 배워야 하는 모든 과정을 공부해서 한 과목씩 과제물을 제출해야 했다.

이수해야 할 할당량이 각 과목마다 엄청 많았다. 그렇게 과제물을 제출해서 평가를 받아 일정 정도의 점수를 따게 되면 다시 한 과목씩 시험을 치러야 했다. 정해진 교재가 집으로 배달되면 그것을 공부한 후 교육기관에서 지정한 시험장을 찾아가 시험을 보며 한 과목 한 과목을 이수해야 하는 것이다. 더군다나 전 과목 모두 시험에 통과해야만 조기졸업이 가능했다.

나는 마치 고시생이라도 된 것처럼 책과 씨름하며 지냈다. 9학년에 올라가기 전 겨울에 시작해서 크리스마스를 제외하고는 잠시도 책을 손에서 놓지 않았다. 학교수업과 인터넷 수강을 병행하며 말 그대로 죽기 살기로 독학을 했다.

그렇게 일 년 뒤 나는 12학년까지의 전 학점을 이수했다. 엄마는 내가 12학년을 마치고 졸업을 하면 스물한 살이 되니 혼자라도 안심하고 보낼 수 있을 것이라 생각했지만, 나는 열일곱 살에 졸업을 하게 된 것이었다. 계약을 할 때만 해도 4년이라는 시간 동안 내가 지레 연예인의 꿈을 접거나 하다못해 기획사가 문을 닫기를 내심 바라던 엄마의 바람은 완전히 빗

나가고 말았다.

학점을 이수하기 위한 과정을 지켜본 엄마는 더 이상 반대하지 못하고 한국행을 허락했다. 그런 열정이라면 뭐든 해낼 수 있을 것이라고 생각했던 것 같다. 그렇게 나는 한국을 떠나 캐나다에 간지 3년 만에 다시 한국으로 돌아올 수 있었다. 2004년 무렵이었다.

04

고단한 연습생

나는 연예계의 많은 연습생들처럼 숙소생활을 시작했다. 조기졸업을 준비하는 사이, 계약을 했던 기획사는 국내 굴지의 엔터테인먼트사와 합병을 한 상태여서 자연스럽게 그 엔터테인먼트사의 연습생 숙소에 머무르게 되었다. 강남의 3, 4층짜리 주택을 개조한 곳으로, 직원들이 업무를 보는 사무실 위층에 연습생 숙소가 함께 있었다.

숙소에서는 오디션에 함께 입상해 나보다 먼저 서울로 떠나온 두 명과 몇 명의 연습생들이 함께 생활했다. 나는 플루트 연주가 특기인 걸 그룹 연습생과 룸메이트가 되었다. 생애 처음으로 가족 곁을 떠나 낯선 곳에서 생활하게 되었지만, 그곳에서의 하루하루는 신기하고 재미있게 흘러갔다.

　소속사에서 등록해준 소위 '연기사관학교'로 통하던 학원을 다니며 난생 처음 연기공부를 시작했다. 워낙 부끄러움이 없는 편이라 여러 소속사에서 모여든 연습생들과 함께 받는 연기수업은 생소했지만 흥미로웠다. 물론 이해할 수 없는 일도 종종 있었다. 서울에 있는 모 대학에 출강한다는 여성 강사의 수업시간이었다. 남자 수강생을 지목하더니 옷을 벗으라고 했다. 머뭇거리던 수강생은 강사의 강권에 하는 수 없이 속옷만 남긴 채 탈의를 했다. 그러자 이번에는 개가 되어보라는 요구를 했다. 주저하는 그에게 강사의 핀잔과 모욕은 계속됐고 마침내 팬티 차림으로 강의실 바닥을 기고 꼬리를 흔들며 혀로 바닥을 핥기까지 해야만 했다.

　그런 그에게 욕을 해보라는 강사의 주문이 이어졌다. 남학생은 잠시 뒤 강의실이 떠나가라 고래고래 소리를 지르며 욕을 퍼부어대기 시작했다. 강사와 남학생 사이에서 오가는 고성 속에서 나와 다른 수강생들은 한순간 겁에 질려 그 자리에 얼어붙은 듯 서있었고, 잠시 뒤 학원 직원들이 달려와 수업은 중단되었다. 이후 학원에서 그 강사의 모습은 찾아볼 수 없었지만, 되돌아 생각해봐도 그것이 진정 연기수업의 일환이었는지, 그래서 내재되어 있는 연기본능이라도 끄집어낼 수 있다고 자신한 그 강사만의 수업 방식이었는지는 여전히 의문으로 남는다. 그런 몇몇의 충격적인 경험을 빼고는 나는 종종 칭찬도 들어가며 연기자의 꿈을 다져나갔다.

대부분의 연습생들이 그렇듯 나 역시 소속사로부터 숙식은 제공 받았지만, 별도의 보수를 받지는 못했다. 최근에는 교통비나 식비 정도는 지급하는 소속사도 있다고 하지만, 예전에는 이 마저도 주지 않는 곳이 태반이어서 아르바이트를 하거나 집에서 지원을 받아야만 했다. 캐나다에 있던 엄마는 일체 용돈을 보내지 않았다. 내심 제풀에 지쳐 연습생 생활을 그만두고 돌아왔으면 하는 엄마의 바람 때문이었을 것이다.

큰돈이 들어갈 일은 많지 않았지만, 그 또래의 여자아이들처럼 나도 갖고 싶은 것, 사고 싶은 것이 많았다. 숙소 근처를 뒤지며 아르바이트 꺼리를 찾아다닌 끝에 커피숍에서 일할 수 있게 되었다. 어린 시절부터 억척스러울 정도로 생활력을 길러준 덕분인지 엄마의 바람은 이번에도 이루어지지 않았다. 숙소생활을 시작한지 일주일 만이었다.

커피를 내리고 손님을 상대하는 일은 어렵지 않았다. 문제는 나보다 경력이 많은 선배들의 부탁인지 강요인지 모를 파트타임 배정에서 생겼다. 커피숍은 매일 밤 자정에 문을 닫았고, '마감 조'라고 해서 마지막 파트타임을 책임지는 사람은 하루치의 정산은 물론, 쌓아둔 설거지와 매장 정리를 도맡아야 했다. 의자를 테이블 위로 올리고 바닥 청소를 마친 후에는 음식 쓰레기와 재활용 쓰레기를 분리해서 버리고 문단속을 한 다음에야 끝이 났다.

그렇게 하다보면 새벽 두시, 차비를 아끼기 위해 숙소까지 삼십분을 더 걷고 나서야 내 방에 들어설 수 있었다. 내 스스로에게는 엄격하고 철저했지만 다른 사람에게는 쉽게 거절을 하지 못하는 성격이라서 선배들의 부탁을 들어주다보니 자주 마감 조를 맡아야 했다. 그렇다고 커피숍 아르바이트를 그만 둘 수도 없었다. 서빙을 제외하고는 돈을 벌 수 있는 일이 거의 없었기 때문이었다. 그 때문에 어느 날엔가는 탈진과 과로로 응급실을 찾기까지 했다.

이런 곤혹스러운 일이 계속되면서 이번에는 소속사에서 말이 나왔다. 연습생 숙소에는 기숙사 사감과 같은 생활 매니저가 함께 거주했다. 연습생들의 일상을 관리 감독하는 생활 매니저는 새벽 두시가 넘어서야 들어오는 나를 곱지 않은 시선으로 지켜봤던 것 같다. 응급실에 다녀오고 얼마 지나지 않아 소속사 대표가 나를 불러 세웠다. 연애 하냐? 생활 매니저의 보고를 받고 있던 대표는 대뜸 그렇게 물었다. 놀러 다니는 게 아니고서는 새벽 두시가 넘어서 들어올 이유가 없다고 생각 했던 것이다. 해명을 했지만 석연치 않아 하는 느낌이었다. 어 찌됐든 나는 돈을 벌어야 했고, 이 문제로 소속사와의 실랑이 는 한동안 계속되었다.

그렇게 석 달 정도의 시간이 흘렀을 때였다. 소속사 대표가 임기를 남긴 상태에서 대표직을 그만두는 상황이 벌어졌다. 대표의 사임과 동시에 소속사는 연습생들에게 계약을 해지해 줄 테니 나가고 싶다면 지금 그만두라는 입장을 알려왔다. 대 표를 믿고 서울에 왔던 내게는 퍽이나 난감한 상황이었다. 하 지만 회사를 나가는 대로 다른 연예기획사를 차릴 계획이라 는 대표의 말을 듣고 선뜻 계약을 해지하기로 결정했다. 데뷔 를 한 것은 아니지만, 어찌됐든 연예계에 발을 들여놓도록 기 회를 준 데다 그만큼 의지하고 신뢰했기 때문이었다.

소속사와 계약을 해지한 후 나는 대표에게서 새로운 연예 기획사를 차렸다는 연락이 오기만을 기다렸다. 그런데 소식은 커녕 대표의 행방조차 알 수 없었다. 데뷔를 할 만큼의 실력 을 갖추지도 못했고 소속사도 없어져 버린 데다 연예계에 변변한 연줄 하나 없었던 나는 그야말로 낙동강 오리알 신세가 되어버렸다. 연습생이 된 지 고작 서너 달 만에 일어난 일이었다. 머무를 거처마저 변변치 않은 상황이라 이 소식을 엄마에게 알렸고, 엄마는 캐나다에서 서둘러 들어와 대전 고향집으로 나를 데리고 내려갔다.

대전으로 거처를 옮긴 후에도 여전히 나는 막연하게 '그냥 연예인'이 되고 싶었다. 결국 서울을 오가며 가수 오디션을 보기로 결심했다. 고작 서너 달 배운 연기로 배우 오디션을 볼 수는 없었다. 당장 오디션을 본다면 가수 쪽이 유리할 것 같았다. 물론 가창력이 뛰어난 건 아니었지만, 춤만은 자신이 있었기 때문이다. 나는 배짱 좋게 K-POP을 선도하는 대표 기획사를 찾아다니며 오디션을 봤다. 결과는…… 참담했다.

연예계 지망생으로 오디션을 전전하는 그 시간들은 생각보다 팍팍했다. 기회는 쉽게 오지 않았고, 그렇다고 꿈을 포기한 채 캐나다로 돌아갈 수도 없었다. 오디션을 보러 갈 차비라도 벌기 위해서는 무슨 일이든 해야 했다. 정말 '급전'이 필요해진 어느 날, 공중 화장실 벽에 붙어있는 스티커가 눈에 들어왔다. 찬밥 더운밥을 가릴 처지가 아니었던 나는 스티커에 적힌 연락처로 전화를 걸었다. 일자리를 구한다고 하니 일단 와보라는 대답이 돌아왔다.

다음날 동도 트지 않은 어두운 새벽에 집을 나섰다. 알려준 곳은 변변한 사무실도 아닌, 노상에 사람들이 모이는 곳이었다. 그들은 고층 빌딩의 유리창 청소와 건설현장의 막일, 식당 설거지 등의 일거리를 찾는 사람들이었다. 새벽 인력시장이었던 것이다.

함께 일할 사람들과 승합차를 타고 이동했다. 도착한 곳은 터널 안. 터널의 벽면과 천장, 바닥에 엉겨 붙은 검은 때를 닦아내는 터널 청소가 그날의 일거리였다. 마스크를 두 장 겹쳐 쓰고 일을 시작했다. 터널 안에 가득 찬 매연과 먼지 속에서 일을 하자니 마스크 두 장으로도 부족했다. 차를 타고 지나다니기만 했던 터널 안이 그렇게 더러운지 그때 처음 알았다. 하얀 마스크가 금세 새카맣게 될 정도였고 벽면은 닦아도, 닦아도 시커먼 때가 계속 묻어나왔다.

숨을 참아가며 일을 하다 보니 어느새 점심시간이 되었다. 나눠준 도시락을 받아든 사람들은 터널 밖으로 나가지도 않고 대충 터널 안에 자리를 잡고 앉았다. 고단하고 지친 얼굴로 묵묵히 밥을 먹는 사람들에게서 삶의 무게가 느껴졌다. 짧은 점심시간이 끝나고 다시 작업이 시작되었다. 일은 한밤중이

되어서야 끝났고 책임자처럼 보이는 사람이 일당을 나눠주었다. 시커멓게 때가 탄 봉투를 열어보니 약속한 20만 원이 들어 있었다.

늦은 시간에 어떻게 집으로 돌아왔는지는 기억이 없지만, 집에 들어서자마자 씻고 또 씻었다. 귓속까지 검은 먼지가 가득했고, 어디에서 흘러나오는지 모르는 땟국이 끝없이 흘러내렸다. 입고 갔던 옷은 빨아서 해결될 수준이 아니었다. 그렇게 내 인생의 첫 막일에서 번 돈을 세며 나는 뿌듯하기도 하고 한편으로는 뭐라 설명할 수 없는 감정이 밀려오기도 했다. 그래서였을까. 첫 막일에서 번 돈에 쉽사리 손을 대지 못하고 고이 모셔두었던 기억이 난다.

일을 한 다음날은 뼈마디가 쑤셔 움직이기 힘들었다. 하지만 워낙 일당이 셌기 때문에 일이 들어왔을 때는 서슴없이 나갔다. 그 후로도 두어 번 더 일을 하면서 나름 요령도 터득했지만 터널청소가 자주 있는 일은 아니었기에 다른 일자리를 찾아야만 했다.

그래서 찾은 다음 일이 벽돌을 쌓는 일이었다. 건물 안 내벽을 세울 위치에 여러 명이 한 줄로 서서 시멘트 반죽을 바른 후 벽돌을 쌓아 올리기를 반복하면 되었다. 다른 사람과 보조를 맞춰 너무 빠르지도, 너무 늦어서도 안 되는 이 일은 터널 청소보다는 작업환경이 괜찮았다. 또 밤에 새참까지 챙겨주어서 잠깐 잠깐 쉴 짬도 있었고 현장에서 함께 일하는 아주머니들과 수다를 떨 만큼 제법 여유를 부릴 수도 있었다. 이 일은 이후로도 오랫동안 내 돈벌이가 되었다.

그런데 돈만 위해 일을 했었다면 그 고단하고 힘든 막일을 오래 견디지는 못했을 것 같다. 내가 막일을 마다하지 않고 계속 할 수 있었던 이유는 함께 일하는 사람들 속에서 삶에 대한 감사함을 배웠기 때문이다. 그런 감사함을 가지고 하루하루 열심히 사는 그들을 보며 다시 마음을 다잡고 꿈을 위해 열정을 다 바칠 새로운 희망을 가질 수 있었다.

소속사와 계약해지를 한 후 혈혈단신 오디션을 보러 다녔지만, 근 1년간 이렇다 할 성과는 없었다. 더 이상 연습생도, 학교에 적을 둔 학생도 아니었다. 이런 나를 지켜보던 캐나다의 가족들은 대학 진학을 권했다. 엄마는 연극영화나 연기, 방송관련학과보다는 연예인으로 성공하지 못할 때를 대비해서 다른 전공을 선택하길 바랐다. 내 생각도 크게 다르지 않아서 나는 경영학으로 진로를 잡았다. 나는 외국에서 중, 고등학교 과정을 모두 이수한 사람이 갈 수 있는 특별전형을 선택해 05

학번 대학생이 되었다. 그렇게 1년간의 무적자 생활을 청산했고 그때 내 나이는 열아홉 살이었다.

한번 시작하면 끝을 봐야 하고 무엇이든 무던히 견뎌내는 성격 덕분에 방송계 진출을 노리며 학업을 병행하는 데에는 별 어려움이 없었다. 4년 뒤에는 한양대학교 경영전문대학원의 글로벌 MBA 과정에 들어가 최연소 MBA 석사가 되기도 했다. 자연 언니의 일로 경찰과 검찰에 불려 다니며 언론의 끈질긴 취재에 시달리면서도 학업을 계속했을 만큼 억척스럽게 학창시절을 보냈다.

05

슈퍼모델이 되다

소속사로 직접 연락이 오는 오디션에는 참여할 수 없었기에 나는 수시로 인터넷을 뒤지며 공개 오디션을 물색했다. 그러던 어느 날, 국내 최장수 걸 그룹의 멤버를 교체하기 위한 공개 오디션이 열린다는 소식을 접하게 되었다. 이미 팬 층을 확보한 내로라하는 걸 그룹이라 오디션을 통과할 수 있을지는 미지수였지만 이번에도 밑져야 본전이라는 생각으로 오디션을 봤다.

오디션에서는 특기인 춤을 선보였고 노래도 열심히 불렀다. 바로 데뷔를 하는 것이 아니라 어느 정도의 연습기간을 통해 기존 멤버와 호흡을 맞춘 후에야 정식 멤버가 되기 때문이었을까, 나는 이 오디션에 통과해 다시 또 연습생이 되었다. 이제 와 생각해보니 내가 나름대로 순발력이 있는지 유난히 오디션에는 강했던 것 같다.

가수를 꿈꾸는 지망생들은 언제 데뷔할지 전혀 알지 못한다. 짧게는 6개월, 혹은 10년이 넘도록 장기 연습생으로 남을 수도 있다. '언젠가 데뷔'라는 실낱같은 희망을 부여잡고 하루하루 희망고문을 참아내는 것이 연습생의 삶이다. 그렇다고 쉽게 기획사를 떠날 수도 없다. 우리나라의 가요계는 이미 기획사를 중심으로 돌아가고 있었기 때문이다.

우리나라 기획사가 연습생을 트레이닝하는 방식은 외국과는 상당히 다른 것 같다. 외국에서는 어느 정도 실력과 개성을 갖춘 인물을 기용해 가수로서의 면모를 완성시킨다면, 우리나라는 원석의 연습생을 발굴해서 기획사의 스타일과 콘셉트대로 하나하나 세공한다. 그러다보니 보컬과 댄스는 기본이고, 해외진출을 위한 외국어, 바디 트레이닝까지 하루 10시간이 넘도록 빽빽하게 레슨을 받는다. 그렇게 트레이닝을 받는 것으로 끝나는 것이 아니다. 평가를 통해 연습생으로 남겨두고 계속 키울 것인지를 판가름한다. 연예사관학교라고 해도 과언이 아닐 정도다. 이 비용은 전부 기획사가 부담한다. 일종의 투자개념인 것이다.

그래서 기획사에 들어가는 순간 연습생에게는 자유가 사라진다. 기획사의 계획에 따라 모든 것이 결정되는 것이다. 연습생 주제에 감히 이를 거부하거나 불평을 늘어놓을 수는 없다. 그들을 대체할 연습생이 이미 수십 명, 아니 수백 명 대기하고 있기 때문이다. 오히려 연습생들은 기획사에서 방출될 것을 염려해야 하는 처지다. 데뷔 전 기획사에서 쫓겨나면 다른 기획사에 들어가기는 어렵다. 특히 나이를 먹은 장기 연습생의 경우는 더더욱 그렇다. 워낙 어린 아이돌 가수들이 대세인 우리 가요계에서는 한 살이라도 어린 나이에 데뷔를 해야 하고, 그러기 위해서는 기획사에 반하는 행동은 절대 금물이다.

그런 퍽퍽한 연습생 시절을 거쳐 데뷔의 기회가 온다 해도 그 누구도 성공을 보장할 수는 없다. 그나마 가능성을 높이기 위해 오랜 기간 트레이닝을 시키다보니 각 기획사는 데뷔하지 못한 연습생들로 넘쳐난다. 그들 중에는 더 이상 그 생활을 견디다 못해 연예계 주변만 맴돌다가 꿈을 접는 경우도 허다하다.

아무튼 연습생은 무엇 하나 보장 받지 못하는 삶이다. 외모나 실력이 뛰어나다고 해서 데뷔가 빠른 것도, 또 데뷔 후 성공궤도에 오르는 것도 아니다. 그렇게 끝없이 넓은 사막에서 무작정 신기루를 좇아야 하는 삶이다보니 내가 만났던 연습생 중에는 꿈과 현실을 구분하지 못하는 사람도 많았다. 그들은 이미 스타라도 된 듯 강남일대를 돌며 연예인 행세에, 명품만을 찾아 몸에 걸치는 헤픈 씀씀이로 막나가는 생활을 하기도 했다. 사치스러운 외양에 비해 알맹이는 초라하기 그지없는 그런 인생을 사는 비루함이 나는 싫었다.

내가 들어간 곳은 SM · JYP · YG 같은 거대 기획사가 아닌 중소 기획사였지만, 정글 같은 연예계에서 살아남기 위해서는 어디에라도 발을 담고 있는 것이 유리하다는 것을 그간의 경험을 통해 알게 되었다. 더군다나 이미 활동을 하고 있던 걸 그룹 멤버가 되는 것이니, 어찌됐든 연습생 시절을 잘만 견디면 되는 상황이었다. 그 당시 한국에는 '베이글' '청순 글래머'라는 유행어가 생겨날 정도로 걸 그룹의 콘셉트도 바뀌어가고 있었을 때라서 내 큰 외모가 더 이상 문제가 되지 않았다. 소속사에서도 모델 분위기의 멤버를 찾고 있어서 승산은 있었다. 나는 데뷔를 위해 정말 열심히 매일매일 춤과 노래를 연습했다. 엄마도 이런 나를 위해 잠시 캐나다에서 들어와 뒷바라지를 해주었다. 엄마는 고된 트레이닝을 받는 나를 위해 연습실까지 손수 운전을 해서 데려다주고 귀가시간에 맞춰 데리러 오는 생활을 반복했다.

나는 처음 만난 사람과도 금세 친해지고 좋은 관계를 유지하는 편이다. 새로운 기획사에서도 마찬가지였다. 그중 연습생들을 관리하는 전담 매니저는 내게 유독 친절했다. 하지만 얼마 지나지 않아 호의로만 여겼던 그 친절함이 점점 불편해지기 시작했다.

연습이 끝나고 사석에서 만나자는 제안을 하기에 거절하니 별일 아닌 것으로 트집을 잡기도 했다. 심지어는 연습실에 데려다 주는 엄마를 더 이상 오지 말라고까지 했다. 연습이 끝나면 자신이 데려다 주겠다며 화를 내는 것을 보고는 그제야 무엇인가 불순한 의도가 있다는 것을 눈치 챘다.

모른 척 참아내며 연습을 강행했지만, 하루에도 몇 번씩이나 태도를 바꾸며 괴롭히는 바람에 점점 참기 힘들어졌고, 그럴수록 매니저와의 갈등도 깊어져 갔다. 처음 한두 번 연습을 빠지게 되니 더 이상은 그곳에 가고 싶은 마음이 사라져 마침내 탈퇴를 선언했다. 기획사에서는 다시 들어오라며 여러 번 연락을 해왔지만 이미 마음이 돌아선 뒤였다. 그 전담 매니저는 연예계 지망생이나 갓 데뷔한 신인을 괴롭히는 것으로, 그

바닥에서는 이미 악명이 높은 인물이라는 것을 나중에 알게 되었다. 그렇게 나의 걸 그룹 데뷔는 맥없이 무산되었다.

다시 소속사를 잃어 실의에 빠진 내게 엄마는 슈퍼모델 선발대회에 나가보는 것이 어떠냐고 제안했다. 오디션에 강하니 이번에도 반드시 기회가 올 것이라는 엄마 말에 나는 용기를 얻었다.

슈퍼모델은 패션쇼와 광고를 통해서 고수익을 올리는 패션모델로, 전 세계 대중들에게 널리 알려진 모델을 말한다. 우리나라에서는 한 방송사의 주최로 1992년에 시작해서 초대 슈퍼모델로 이소라 씨가 선발되었다. 두 번째 선발대회 출신인 홍진경 씨의 경우에는 만능 엔터테이너로서 TV 예능프로그램 등에서 활발하게 활동하고 있었다. 이후에도 황인영, 김선아, 한고은, 송선미, 변정민, 현영, 이윤미 씨 같은 연기자를 발굴하는 계기가 되기도 했고, 전설처럼 회자되는 2001년의 슈퍼모델 선발대회에서는 한지혜, 한예슬, 소이현, 최여진 씨 같은 배우들이 한꺼번에 슈퍼모델로 선발되어 처음 이름을 알렸다.

그렇게 슈퍼모델 선발대회는 모델뿐만 아니라 배우와 엔터테이너 등 방송 각계에서 활동할 수 있는 데뷔의 기회였다. 몇 주간 서바이벌 방식으로 진행하며 방송을 하기 때문에 다른 대회보다 자신을 알릴 기회가 상대적으로 많다는 것도 큰 매력이었다. 나는 2007년 슈퍼모델 선발대회에 지원했다.

2007 슈퍼모델선발대회에서 한국 대표가 되면 넉 달 뒤인 11월 우리나라와 중국, 일본, 태국이 공동 개최하는 '2007 아시아-태평양 슈퍼모델 선발대회'에 출전하게 되어 있었다. 그러기 전에 예선과 최종예선, 본선이라는 관문을 통과해야만 했다. 서류심사를 통과한 나는 250여 명이 참가한 1차 예선까지 통과해 예비 진출자 50명에 들었다.

한 달간의 교육이 시작됐다. 모델로서의 재능은 물론, 엔터테이너로서의 끼를 발휘하지 못하면 본선에 진출하지 못하는 상황이었다. 워킹과 포즈 등 본격적인 모델 수업은 처음이었던 나는 주최 측이 짜놓은 사회봉사 활동에도 참여하며 4주간의 일정을 열심히 소화했다.

한 달 뒤 최종 예선대회가 열렸다. 워킹과 포즈로 시작해 자기소개와 장기자랑, 최종 면접까지 정신을 차리지 못할 정도로 조목조목 심사를 받았다. 얼마나 긴장되고 숨 막히는 순간이었는지 심사 내내 하이힐을 신고 꼿꼿하게 버티는 동안에도 발이 아프다는 생각조차 들지 않았다.

모든 심사가 끝나고 50명의 참가자 중 본선대회 진출자 명단이 공개되는 순간, 여기저기서 참가자들의 환호와 탄식이 교차했다. 그리고 윤애영, 드디어 내 이름을 확인했다. 나는 그때까지만 해도 예명인 윤지오가 아닌 본명을 사용하고 있었다. 아무튼 본선대회 진출자 32명 이름이 적힌 벽보 속에 내가 있었던 것이다. 나는 그렇게 내 힘으로 슈퍼모델이라는 타이틀을 얻었다. 엄마는 기뻐하는 한편, 미안해했다. 다른 참가자들에 비해 차림이 형편없었기 때문이었다. 슈퍼모델 대회에서도 몇 년 전 캐나다에서 참가했던 오디션처럼 가지고 있던 옷 몇 벌로 버텨냈다. 나는 그저 내 힘으로 재능을 발휘해 인정을 받았다는 사실에 세상을 다 얻은 것 같았다.

그리고 다시 본선을 위한 연습이 시작되었다. 슈퍼모델대회는 미인대회와는 달리 합숙을 하지 않는다. 여름방학을 제외하고는 대학에 다니며 본선이 열리는 9월까지 시간을 쪼개 생활했다. 본선대회 진출자 32명이 선발되고 난 다음부터는 본격적인 TV 방송도 시작되었다. 태국의 산호섬으로 수영복 촬영을 다녀오기도 했다.

여성 모델들 대부분이 날씬하다 못해 마른 체형이어서 그런지 몰라도 내 몸매가 좀 더 볼륨 있어 보이기는 했다. 그리고 자기소개와 장기자랑에서 드러나는 나의 다소 엉뚱하고 발랄한 성격이 대중에게 어필되는 느낌이 들었다. 캐나다에서 공부한 덕분에 영어를 자유자재로 구사할 수 있다는 것과 대학에서 경영학을 전공한다는 것도 나만의 강점이 되었다. 당시 스물 한 살이었던 나는 마음껏 참아온 끼를 발산하면서 두 달의 연습기간을 즐겼다.

9월 하순, 마침내 슈퍼모델 본선대회가 열렸다. 32명 후보자 가운데 아시아-태평양 슈퍼모델에 진출할 8명을 선정하는 날이었다. 오프닝 무대의 화려한 군무를 시작으로 각축을 벌였지만 나는 세계대회 진출자 최종 8명에는 선발되지 못했다. 그렇게 4개월의 대장정이 끝나고 내게는 슈퍼모델이라는 타이틀이 생겼다.

슈퍼모델 선발대회가 끝나고부터는 여러 곳에서 러브 콜이 오기 시작했다. 모델 에이전시에서도 계약을 하자는 연락이 왔고, 일반 모델에 비해 10배 정도의 모델료를 제안하기도 했다. 하지만 173cm의 내 키는 일반인으로서는 큰 편이지만, 모델로서는 작은 편에 속한다. 그래서 모델로서의 성공 가능성이 높지 않다고 생각해 방송 쪽으로 진출하기 위해서 기획사 미팅과 연기 오디션을 보기로 결심했다. 혼자 오디션을 찾아다닐 때와는 달리 슈퍼모델 출신이 되고 나서는 확실히 미팅

약속을 잡기도 수월했다. 두 번의 고배를 마신 경험이 있어서 이번에는 신중하게 이것저것 따져가며 기획사를 물색했다. 그러면서도 슈퍼모델로서의 활동은 계속했다. 바자회 같은 봉사 활동은 물론, 각종 행사에도 참여했다. 그러던 어느 날, 내 운명을 뒤흔들어놓은 문제의 파티에 참석하게 되었다.

06

위험한 만남

해외 유명 패션잡지의 국내 발간을 기념하는 파티에 가게 됐다. 꽤 많은 사람이 참석한 파티였다. 처음 본 사람들과 인사를 하며 내 소개를 했다. 그러다 감독 일을 한다는 젊은 외국인 남자 벤과 만났다. 벤은 한참이나 나와 대화를 나누었다. 이런 저런 얘기를 하다 보니 소속사를 아직 정하지 못했다는 말까지 하게 되었다. 그는 자신이 잘 아는 기획사 대표가 있다며 선뜻 소개를 해주겠다고 했다. 거절할 이유가 없었다. 아니 오히려 그렇게까지 선심을 써주는 것이 고마웠다. 연락처를 남기고 그와 헤어졌다.

며칠이 지난 어느 날, 벤에게서 전화가 왔다. 소개시켜주려던 소속사 대표와 함께 식사를 하게 됐으니 그 자리에 나오라는 것이었다. 나는 약속장소로 갔다. 그곳에는 벤과 소속사 대표라는 사람이 함께 있었다. 첫 인상은 나쁘지 않았다. 당시 나는 여러 소속사의 대표들을 만나 계약에 관해 이야기를 나누고 있었다. 그는 그들과 비교해서 말하는 것도 가볍지 않게 느껴졌고 예의도 바른 것 같아서 내심 안심했다.

저녁 식사를 하며 이런저런 이야기를 나누었을 뿐, 기억에 남을 만한 특별한 대화가 오고 간 것은 아니었다. 식사 말미에 소속사 대표는 "나는 사람을 지켜보는 스타일이라 한 번 보고는 잘 모르겠어요. 지오 씨가 뭘 잘하는지, 어떤 사람인지 잘 모르니 앞으로 계속 만나봅시다." 하며 명함을 건넸다. 그가 건넨 명함에는 ㄷ엔터 대표 K라고 쓰여 있었다.

나는 주위 사람들을 통해 그 회사에 대해 알아보았다. 소속사 대표 K는 1996년 당대 최고의 인기 여배우 S와 전속 계약을 맺어 연예계에 일대 파란을 일으킨 인물이라고 했다. 이듬해에는 중견 여성 탤런트 A와 B 등 연기력을 갖춘 최상의 여성 탤런트들과 계약을 맺고 그들의 매니지먼트를 시작했다는 것도 알게 되었다. 포털 사이트에 소개된 ㄷ엔터에는 신인은 단 한 명도 없었고 내로라하는 스타들로 가득했다.

K는 미국 버클리 캘리포니아대학교를 졸업한 수재로 할리
우드에도 넓은 인맥을 갖고 있었다. 게다가 제법 일찍이 해외
에도 연예기획사를 설립해 본격적으로 중화권 시장을 공략하
는 등 '한류 열풍'에 일조했다는 평도 뒤따라 다녔다. 국내 연
예 매니지먼트 업계에 새 바람을 일으키며 판도를 바꾼 인물,
오디션 따위는 하지 않아서 신인 연예인이나 지망생은 만나
기도 힘든 대표……. 그 뿐만이 아니었다. 해외에서 활동하던
연예인을 역수입해 국내 연예계에 데뷔시키는 스타 제조기라
는 평판도 받고 있었다. 또 2000년대 초에는 국내의 대기업과
손을 잡고 모델 에이전시를 만들어 월드컵 영웅 히딩크 감독
과 세계적 스타가 된 중국의 여배우 장쯔이, 그리고 홍콩의 영
화배우 여명을 국내 광고모델로 출연시키면서 광고업계에서
도 독보적인 존재로 부상했다고 한다. 그런 사람을 내가 만나
다니……. K와 그의 소속사에 대해 알아보면 알아볼수록 대단
하다는 생각이 들어 가슴이 뛰었다.

　나도 K의 소속사에 들어가고 싶었다. ㄷ엔터는 광고 기획
까지 겸하고 있는 회사여서 쟁쟁한 연예인들도 들어가고 싶
어 하는 기획사였다. 이처럼 회사 내에서 직접 광고를 기획해
소속 연예인을 출연시키는 기획사는 흔치 않았다. 연예인에게

있어서 TV나 인쇄물, 옥외 광고 등은 대단한 수입원이자 인기를 실감하는 바로미터 역할을 한다. 인기를 얻거나 인기가 식거나 해서 특정 상품의 광고모델이 교체되는 것도 이 때문이다. 연예인은 광고 하나로 새로운 이미지와 캐릭터를 얻기도 하고 변신을 꾀할 수도 있다.

여자 연예인이 광고 모델로 기용되는 장르도 점점 넓어지고 있다. 언제부터인가 여자 연예인의 로망은 화장품 광고라는 전통적인 장르를 넘어 소주 광고가 된 것 같다. 1990년대 말 톱 여배우가 처음 소주 모델로 등장한 이래로 지금은 아이돌 스타들이 소주잔을 들고 청순미를 자랑한다. 한 음주정책 토론회에서 모 병원 정신건강의학과 교수는 국민 여동생들이 술 광고에 나오는 나라는 세계보건기구(WHO) 회원국 중 우리나라뿐이라며 개탄하는 기사를 본 적이 있다. 그만큼 대중에게 영향력을 행사하는 것이 광고라서, 때로는 광고 하나로 방송계에 데뷔에 성공하고 주목을 받는 경우도 있다는 것을 나는 잘 알고 있었다. 나는 K에게 가능성을 인정받아 전속 계약을 할 수 있기를 간절히 원하게 되었다.

첫 번째 만남 이후 K는 종종 나를 불러냈다. 약속장소는 늘 자신의 지인들과 식사를 하거나 와인을 마시는 자리였다. '술자리'라기보다는 방송이나 광고와 관련된 사람들과 만나는 자리에 불렀다는 인상을 받았다. 더군다나 K는 그 자리에 있던 사람들에게 나를 소개하며 매번 우리 회사에 들이고 싶은데 어떤지 한번 봐달라는 식으로 이야기를 했다. 나는 이런 것이 K만의 비공식적인 오디션 방식이라는 생각이 들었고, 어차피 연예인은 대중의 평가를 받는 입장이라고 생각해서 크게 거부감이 들지는 않았다.

함께 자리한 사람들은 소위 잘나가는 사람들로, 이름만 들어도 알아주는 위치에 있는 사람들이었다. 기업의 장이나 영화나 방송 관계자라고 하니 언젠가는 함께 일해야 하는 사람들이라고 생각했다. 그들에게 술을 따르게 하거나 내게 술을 권하는 일은 전혀 없었기 때문에 술자리에 불려나갔다는 생각은 결코 들지 않았다. 더군다나 나는 평범한 여대생의 수수한 모양새 그대로 그런 자리에 나갔고, 그 때문에 대표 K에게 책망을 들은 적도 없었다.

그런 K와의 자리가 계속되던 어느 날, 눈에 띌 만큼 아름다운 여성과 만나게 되었다. 누가 봐도 배우라는 느낌이 들 정도로 도자기처럼 윤기가 나는 하얀 피부에 화려한 인상을 풍겼다. K는 함께 자리한 사람들과 나에게 그녀를 소개했다. 제과 회사의 CF로 데뷔를 해서 드라마와 영화의 조연으로 활동 중이라고 했다. 그녀의 이름은 장자연, 바로 자연 언니다.

언니는 처음 만난 나와도 막힘없이 대화를 나누었고 웃음을 잃지 않았다. 나보다 일곱 살인가, 나이가 많았던 것으로 기억하는데, 스물 하나였던 나에 비해 노련하고 세련되게 사람들을 대했다. 그렇게 나는 내 인생을 뒤흔들어놓는 사건에 휘말리게 될지 전혀 예상도 못한 채 운명처럼 그녀와 만났다. 2007년 가을쯤이었다.

그 뒤로 K가 부르는 자리에는 늘 자연 언니가 함께 있었다. 언니는 K의 소속사와 계약을 했다고 말했다. 나는 ㄷ엔터라는 소속사 사무실에는 가본 적도 없이 두어 달 남짓 그렇게 K 지인들의 모임에 불려나가고 있던 때였다. 속절없이 시간은 흘렀고, 초조하고 답답했다.

계약금 3백만 원, 위약금 1억 원

그날도 K와 만났다. 그간 계약에 대한 이야기는 단 한 번도 없었기에 참다못해 내가 먼저 말을 꺼냈다.

"저와는 언제 계약을 할 건가요?"

K는 큰 소리로 웃더니 자신과 계약을 하고 싶은지 물었다. 나는 당연히 계약을 하기 위해 이렇게 만나는 것 아니겠냐고 되물었다. K는 내가 다른 소속사와 미팅을 하고 다니기에 자신과는 계약할 생각이 없는 줄 알았다고 말했다. 나는 그 자리에서 ㄷ엔터에 들어가고 싶다는 의사를 분명히 했다. 그는 내일 회사로 와서 당장 계약서를 쓰자고 선선히 얘기했다.

집으로 돌아가 엄마를 붙잡고 계약 이야기를 했다. 엄마는 나를 부둥켜안고 한참을 펑펑 울었다. 그간 내가 얼마나 마음고생을 하며 전전긍긍했는지 오롯이 지켜본 엄마의 고통이 한꺼번에 전해지는 순간이었다. 드디어 내게도 기회가 왔다는 생각과 그동안 기획사를 찾아다니며 마음고생을 했던 시간들이 한순간에 보상받는다는 느낌이 들었다. 그때는 ㄷ엔터가 번듯한 꿈의 소속사라고 믿어 의심치 않았기 때문이다.

다음 날, 엄마와 나는 계약서를 쓰기 위해 ㄷ엔터 사무실로 갔다. K는 계약기간 3년에, 계약금 300만 원을 제시했다. 계약금이라고도 할 수 없는 금액이었지만, 워낙 신인을 매니지먼트하지 않는 기획사였기에 불만을 드러내지는 않았다. 대신 엄마는 연기자로 데뷔시키기 위해 연기학원에 등록시켜 줄 것과 해외진출을 대비해서 중국어 교습을 받게 해줄 것, 그리고 매달 50만 원의 활동비를 지급해줄 것을 요구했다. K도 동의했다. 협의가 끝나자 K는 계약서를 주며 읽고 서명하라고 했다. K가 내민 계약서에는 다음과 같은 내용들이 실려 있었다.

전속계약서

(생략)

제3조 ('을'의 의무)

가. '을'은 계약기간 동안 '갑'의 사전 동의 없이 자신의 연예활동과 관련하여 제3자에게 자신의 이름, 초상 또는 기타 '을'과 동일시 될 수 있는 일체의 상징 등을 사용하도록 허락할 수 없다.

나. '을'은 연예인으로서의 긍지를 가지고, 그 이미지에 어울리는 품행을 유지하여야 하며 무질서한 사생활이나 품위를 손상하는 행동으로 사회적 물의를 일으키는 행위(마약, 간통, 동거, 임신, 결혼, 형사입건, 음주운전 등) 및 정해진 활동 스케줄에 2회 이상 불성실하게 임할 경우, 또는 연예활동에 지장을 주는 행동을 한 때에도 계약위반으로 간주하며, 이에 따른 손해배상을 '갑'에게 하도록 한다.

다. '을'은 항상 활동하기 적합한 신체 상태를 유지하도록 한다.

라. '을'은 자신의 연예활동과 관련하여 성형수술, 헤어스타일 및 메이크업의 변형 또는 변경 시 반드시 '갑'과 협의하여야 한다.

마. '을'은 계약기간 동안 결혼, 약혼, 해외유학, 장기해외체류, 혹은 장기지방거주 등으로 '갑'의 매니지먼트 활동에 지장을 초래하여서는 아니 되며, 사전에 '갑'과 합의하여야 한다.

바. '을'은 연예활동 전반에 걸쳐 '갑'의 결정 및 지시에 충실히 따라야 하며 '을'은 계약 기간 중 '갑'이 인정하는 부득이한 사유로 연예활동을 일시 중단할 경우, 그 기간만큼 계약기간은 자동 연장된다.

제4조 ('갑'의 의무 및 권리 등)

가. '갑'은 '을'의 소속사 및 매니저로서 선량한 관리자의 의무를 다한다.

나. 계약기간 동안 '을'이 출연 혹은 녹음한 모든 영상물 및 녹음물과 그로부터 파생된 모든 복제물은 '갑'이 소유한다. '갑' 혹은 '갑'이 지명한 자는 계약기간 동안 제작된 '을'의 영상물 및 녹음물의 저작권, 저작 인접권, 2차적 저작물의 작성권, 편집저작물 작성 권리, 이용권리 및 시청각 상의 권리를 가진다.

다. '을'은 방송활동, 프로모션, 이벤트, 각종 인터뷰 등 '갑'이 제시하는 활동에 전적으로 수락하여야 하며, 행사불참 또는 방송 사고를 발생시켰을 경우 '을'은 '갑'이 제시하는 민, 형사상의 모든 책임을 져야 한다. 단, 납득할 만한 사유로 사전에 '갑'이 허락하였을 시는 제외된다.

(중략)

제6조 (계약의 해지)

가. 계약기간 동안의 중도해약은 '갑'과 '을'간의 쌍방 합의 시에만 가능하며, '갑'은 다음 사항에 해당하는 사유발생시 및 제3조의 '을'의 의무를 다하지 않을 시 즉시 본 계약을 해지할 수 있으며, 아울러 본 계약이 해지됨에 따라 입은 손해를 '을'에게 배상청구를 할 수 있다.

　　① '갑'은 다음 사항에 해당하는 사유발생시 즉시 본 계약을 해지할 수 있으며, 아울러 본 계약이 해지됨에 따라 입은 손해를 '을'에게 배상 청구할 수 있다.

② '을'이 파산신청, 압류, 부도, 구속 등의 이유로 본 계약상의 의
무를 이행하기 어려운 상황에 처해 있다고 판단되는 겨우.
나. '갑'은 '갑'이 독자적인 재량에 따라 연예인으로서의 '을'의 능력,
소양, 재능이 적합하지 않다고 판단되는 경우, '을'에 대한 서면통
지에 의해 계약을 해지할 수 있다.

제7조 (손해배상)
'을'은 본 계약기간 동안 '을'이 의무사항을 위반할 시에는 위약벌금
1억 원과 '갑'이 '을'을 관리하기 위해 발생한 비용 중 증빙자료가 있
는 모든 경비에 대하여 '을'은 이의제기 없이 계약 해지일로부터 일
주일 이내에 현금으로 '갑'에게 배상하고, 잔여기간 동안 발생하는 모
든 수익활동의 20%를 '갑'에게 손해배상금으로 지불한다.

제8조 (기타)

가. 본 계약서에 명시하지 아니한 사항에 대해서는 일반적인 상관례
에 준한다.
나. 본 계약사의 내용해석에 '갑'과 '을'간에 이견이 있을 경우 '갑'의
해석이 우선하는 것을 원칙으로 한다.

(후략)

구석구석 독소조항이 포함되어 있는 불공정 계약이었지만 열심히 활동만 하면 된다는 생각에 크게 개의치 않았다. 하지만 계약서를 자세히 살펴보면 '을'은 연예활동 전반에 걸쳐 '갑'의 결정 및 지시에 충실히 따라야 하고, 연예활동을 일시 중단할 경우에는 그 기간만큼 계약기간이 자동 연장되는 것으로 되어 있다. 또한 '을'은 '갑'이 제시하는 활동을 전적으로 수락해야 하고, 행사 불참 시 '갑'이 제시하는 민, 형사상의 모든 책임을 져야 하는 것으로 명시되어 있다. 의무사항을 위반할 시 '갑'의 독자적인 재량에 따라 서면통지로 간단히 계약을 해지할 수도 있다. 이때는 위약금 1억 원과 매니지먼트에 쓰인 비용을 물어야 하고, 잔여 계약기간 동안 다른 곳에서 활동하더라도 수익의 20%를 K쪽에 주어야 한다. 계약서에 명시되지 않았거나 양측의 해석이 다를 경우에는 '갑'의 해석이 우선한다고도 쓰여 있다.

소속사 및 매니저로서 선량한 관리자의 의무를 다한다는 '갑' K가 내민 계약서에 나는 서명을 했다. 나중에 경찰로부터 듣게 된 사실이지만, 나와 언니의 계약서는 날짜만 다를 뿐, 글자 하나 틀린 것 없이 동일하다고 했다. 나는 언니보다 석 달 후 계약을 했고, 이로써 ㄷ엔터의 신인 연기자는 나와 자연 언니, 둘이 되었다.

소속 연기자가 된 후에도 이렇다 할 방송일이 잡힌 것은 아니었다. 그래도 나는 지정된 연기학원에서 연기수업과 탭댄스와 재즈댄스를 배우며 행복한 나날을 보냈다. K는 아르바이트를 절대 용납하지 않았다. 자신과 함께 움직이다 보니 이미 많은 사람들에게 내 얼굴이 알려져 있어서 소속 연예인이 여기저기 아르바이트를 하고 다니면 기획사의 이미지도 안 좋아질 것이라고 걱정을 했다.

그래서 아르바이트를 안 하는 대신 약속했던 50만 원의 활동비를 받게 될 것이라고 내심 기대했다. 하지만 30만 원만 입금되었다. 계약 초반이라 묻지도 따지지도 않고 불평 없이 K의 말에 따랐다. 활동비는 그렇다고 해도 소속사에서 주선한 오디션도 생각보다 그리 많지 않았다. 대신, 계약 전보다 나는 더 자주 K가 부르는 자리에 나가야 했다. 적게는 일주일에 2번, 많게는 4번, 항상 자연 언니도 함께였다.

그렇게 자주 대표인 K와 함께하다 보니 예전에는 알 수 없었던 그의 모습을 보게 되었다. 그날도 K와 지인들이 술을 마시는 자리에 나가게 되었다. 유명하지는 않았지만 한 TV프로그램에서 화제를 모았던 여자 가수 J도 합석한 자리였다. 대화

를 나누던 둘 사이에 실랑이가 벌어지더니 막말이 오가고, K
는 들고 있던 와인 잔을 테이블에 내리쳤다. 술잔의 깨진 파편
이 K의 손에 박혀 피가 흘렀고 그러면서도 폭언을 해댔다. 그
모습을 보며 그 자리에 있던 모두는 경악했다. 곧 상황은 수습
되었지만, 테이블 위로 쏟아진 와인과 대표의 손에서 흐르는
피 때문에 너무 놀라 말도 나오지 않았다. 그 후에도 K의 폭력
성이 드러나는 일이 몇 차례인가 더 있었다.

　같은 모델 일을 하는 친구들이 소속사를 찾고 있어서 ㄷ엔
터를 소개하기로 한 자리였다. 슈퍼모델 출신인 여성 모델 L
과 남자 모델 W를 커피숍에서 만나 K에게 소개했다. K의 물
음에 커피 잔에 꽂힌 빨대를 물고 있던 W는 사투리를 써가며
투박한 말투로 대답했다. 대화를 시작한지 5분이나 됐을까, K
는 자리에서 일어나 나가더니 다시 되돌아와 W를 가리키며
"저 XX 나와 보라고 해."라고 말했다. 무슨 일인가 싶어서 W
와 함께 따라 나갔더니 K는 "너 내가 어떤 사람인지 알아? 너
같은 XX는 깔리고 깔렸어. 너는 나 같은 사람은 만나지도 못
해. 어린놈이 싸가지 없이."라며 손으로 머리를 때리다가 나중
에는 주먹으로 W의 머리와 배를 마구 때리기 시작했다. 그러
더니 구둣발로 W의 정강이를 여러 번 걸어찼다. "어디서 빨

대를 꼬나물고 시건방을 떨어."라는 것이 때리고 맞아야 하는 이유의 전부였다. K가 가고 난 뒤 커피숍으로 돌아와 W가 바지를 걷었다. 다리는 시퍼렇게 멍이 들고 부어 있었다. 나한테 피해가 갈까봐 참고 있었다는 W의 말에 나는 얼굴을 들 수 없었다.

무슨 이유에서인지 K가 나를 대할 때와 자연 언니를 대하는 태도는 조금 달랐다. 늘 나와 언니를 비교해서 질책하는 분위기였다. 다른 사람들이 있든 없든 상관없었다. 언니는 쉴 없이 다이어트를 했고, 댄스학원도 다녀야 했다. 그런 언니를 보면서 나는 마음이 편치 않았다.

언니와 자주 붙어 다니다 보니 자연스럽게 친해졌다. 연예계 활동에 필요한 프로필용 사진도 함께 찍었다. 사진 촬영을 하는 스튜디오에서 본 언니는 깎아놓은 듯 아름다웠다. 입 꼬리가 올라가고 엄청 눈이 커서 어느 쪽에서 봐도 예뻤고 인형 같았다. 언니와 함께 길을 나서면 지나치던 사람들도 뒤돌아서서 언니를 다시 한번 쳐다볼 정도였다. 그런 미모였는데도 살을 빼라는 대표의 지시에 점심을 굶어가며 프로필 촬영을 하던 언니의 모습이 아직도 선하다.

이틀에 한 번 꼴로 K에게 불려가는 날을 제외하고 나는 언니와 자주 만났다. 함께 밥을 먹고 쇼핑을 하기도 했지만, 아직 속내를 털어놓는 사이는 아니었다. 언니는 늘 나를 애기라고 불렀다. 프로필 사진을 찍을 때 당시 옷을 몇 벌 준비하지 못한 나에게 자신의 옷과 신발을 나눠줄 정도로 살뜰히 나를 챙겼다. 하지만 나이 차이가 있어서였는지, 아니면 엄청난 비밀을 안고 있어서였는지 함께하는 시간에 비해 언니 자신과 주변에 대한 이야기는 별로 하지 않았다.

언니의 친구를 함께 만난 적도 없었다. 언니는 광주대학교 경제학과를 졸업했고. 조선대학교 대학원 신문방송학과를 다니다 휴학한 상태였다. 어린 시절 교통사고로 아버지를 여의고 어머니도 돌아가셨다는 것 외에는 가족에 관해서도 별 말을 하지 않았다. 늘 "난 돈을 벌어야 해,"라고만 입버릇처럼 이야기했다. 그래서였을까. 나는 언니가 가정을 책임져야 하는 가장이며 장녀일 것이라고 생각했다. 나중에 장례를 치르는 과정에서 언니가 삼 남매의 막내라는 것을 알게 되었다.

지금 생각해봐도 언니는 참 말이 없던 사람이었다. 아니 어쩌면 감정 표현 자체를 하지 않는 사람이라고 하는 것이 맞는 표현인 것 같다. 잘 웃고 화술도 좋고 조신하고 여성스러웠고 누구와도 잘 어울렸다. 어떤 자리에서든 다른 사람의 험담을 늘어놓거나 비밀을 발설하거나 본인 자랑도 하지 않았다. 늘 차분하게 이야기를 들어주는 편이었고, 자신의 일을 말하지 않는 만큼 다른 사람에 대해서도 궁금해 하지 않았다.

언니에 비해 나는 표정을 숨기지 못했다, 기분이 좋거나 나쁜 것을 모두 얼굴에 드러내고 작은 일에 대해서도 자주 분개했다. 언니는 어쩌면 그래서 더 나에게 자신의 사정을 쉽게 털어놓지 못했는지도 모른다. 언니가 세상을 등지기 한 달 전쯤에야 무엇인가 부당한 일을 겪고 있다는 것을 눈치 채기는 했어도, 그 전까지는 대표 K로부터 폭행을 당했다거나 성상납을 강요받았다는 이야기는 전혀 듣지 못했다.

K는 술을 마시지 않던 나를 늘 언니보다 일찍 술자리에서 일어나도록 했었고, 나는 그저 지루한 자리에서 해방되었다는 생각에 집에 가기 바빴다. 술자리에 가던 날이면 늘 밖에서 엄마가 기다리고 있었고, 그 덕에 나는 밤 9시 정도면 술자리에서 빠져나올 수 있었다. 또 무슨 이유에서였는지는 모르지만, 내게는 아무도 술을 권하지 않았다. 술자리에서 내게 누군가 술을 권하기라도 하면 소속사 대표 K는 지오는 한약을 먹고 있다고 핑계거리를 만들어주고는 했다. 솔직히 나는 한약이 잘 맞지 않아 어린 시절을 제외하고는 한약을 복용한 적이 없

었지만, 굳이 거짓말을 하면서까지 술을 멀리하게 해주는 K를 말릴 생각은 전혀 없었다. K의 이런 태도 때문에 특별히 그에 대한 감정이 나쁠 것이 없었던 나에 비해 자연 언니는 K를 별로 좋아하지 않는 느낌이었다. 하지만 언니 역시 무슨 이유 때문인지는 단 한 번도 내게 말한 적이 없었고 나 역시 묻지 않았다.

어느 날인가, ㄷ엔터의 협력사 대표 G의 생일이었다. 그 회사는 2000년대 들어 연속으로 TV 드라마를 히트시키며 화제의 중심에 서 있던, 연예인 매니지먼트와 미디어 채널 서비스까지 운영하는 종합 엔터테인먼트 기업이었다. 그런 G의 생일 파티에 K는 나와 자연 언니를 불러 동행했다.

파티 장소로 들어서니 마치 어느 가수의 쇼 케이스를 방불케 하는 분위기였다. 드라마나 영화에서나 볼 수 있는 톱 클래스의 배우들이 이, 삼십 명 모여 있었다. K는 그 자리에 있던 사람들에게 언니와 나를 ㄷ엔터의 신인 연기자라고 소개했다. 무엇인가 사람들의 시선이 곱지 않게 느껴져서 나와 언니는 구석에 꿔다 놓은 보릿자루처럼 따로 앉아 있었다. 춤추고 노래하는 사람들을 구경하다 잠시 뒤 그곳을 나왔다. 그날은 매니저가 우리와 함께 움직였기 때문에 매니저가 기다리던 차로 가니 잠시 뒤 K로부터 다음 행선지로 가라는 연락이 왔다. 가라오케였다.

그곳에는 G가 파티 장소를 빠져나와 여자 연예인 지망생 두 명과 함께 있었다. 술에 거나하게 취한 G는 노래를 부르며 자신의 손을 내 허리에 감았다. G의 손을 떼어낸 뒤 빠져나와 얼마간 시간을 때우며 앉아 있다 언니와 함께 가라오케를 나왔다. 내가 당한 첫 추행이었다. 말할 수 없이 화가 났다. 요즘에야 그런 것이 성추행이라고 많은 사람들이 인식하고 있지만, 당시만 해도 그 정도는 그냥 넘어가기 예사였다.

"왜 이런 일을 당해야 하는지 모르겠어. 나이도 많은 아저씨가 딸 같은 사람한테 무슨 짓을 하는 거야."

그러자 언니는 이렇게 말했다.

"애기야, 넌 진짜 발톱의 때만큼도 모른다."

나는 그 말이 어떤 의미인지, 아니 발톱의 때가 무엇인지조차 몰랐다. 나중에야 언니의 말이 내가 겪은 일은 빙산의 일각이고 엄청난 일에 비해 지극히 작은 일을 의미한다는 것을 알 수 있었다. 언니는 내게 그런 말을 자주 했다. 술자리에서 누군가 내게 짓궂은 농담을 던지면 나는 속으로 불쾌해하며 그 상황에 어떻게 대응해야 할지 고민을 했다. 그러는 동안 이미 화제는 다른 것으로 넘어가 번번이 화를 내는 타이밍조차 놓치고는 했다. 그런 나에 비해 언니는 농담을 또 다른 농담으로 받아치며 노련하게 그 순간을 모면하곤 했다. 나중에 그런 술자리의 일들에 대해 언니에게 불평을 늘어놓으면 내게 돌아오는 언니의 말은 늘 "애기야, 넌 발톱의 때만큼도 몰라."였다.

ㄷ엔터에 있으면서 나는 영화 관련 일로 한 번의 오디션과 TV 광고 오디션 두 번, 예능프로그램 미팅을 한 차례 한 것이 전부였다. 일에 대해서는 담당 매니저와만 상의를 해야 했고, 대표는 별로 신경을 쓰지 않는 것 같았다.

일주일에 서너 번 K에게 불려 다니는 것에 차츰 불만이 쌓이기 시작했다. K에게 불만을 토로하자 "너는 아직 준비가 안 됐어. 연기를 더 배워서 맞는 역할을 찾은 다음 처음부터 주연을 해야지, 작은 역할로 시작해봤자 아무 소용없어. 더 준비해서 주연을 꿰차야지. 그것 때문에 지금 너한테 필요한 사람들을 소개시키며 다니는 거잖아. 모든 게 나중에 본격적으로 활동할 때 도움이 될 거야."라며 여전히 나를 식사자리며 술자리에 불러냈다.

언니와 나는 더 이상 그런 자리에 나가고 싶지 않았지만, 문제는 '갑'의 결정 및 지시에 충실히 따라야 한다는 조항이 적혀 있는 계약서였다. K는 사람들을 만나는 자리에 우리를 불러 인사를 시키는 것조차 연예활동의 일부라고 했던 것이다. 언니와 나는 대표의 부름을 거부하면 계약해지는 물론, 1억 원의 위약금과 손해배상을 해야 하는 것으로 알았다. 모든 권리는 선량한 관리자를 자처하는 '갑' K에게 있고, 나와 자연 언니는 좀처럼 헤어날 수 없는 '을'의 의무만을 이행해야 하는 상황이었다. 나와 언니는 개미지옥 같은 곳에서 노예계약을 했던 것이다.

C의 성추행

친구에게서 전화가 왔다. 만나자는 말에 약속장소로 갔다. 친구는 나보고 대뜸 술집에 나가냐고 물었다. 무슨 소리냐고 하니 친구가 술집에서 나를 봤다는 것이었다. 친구가 말한 그 술집에 간 적이 있냐는 말에 나는 거리낌 없이 간 적이 있다고 답했다. 그리고 그곳이 술집이 맞는지 오히려 되물었다. 내가 아는 그곳은 가라오케였기 때문이었다.

내 대답에 어이없어 하던 친구는 가라오케가 술집과 뭐가 다르냐고 했다. 나는 가라오케가 술을 마실 수 있는 노래방 정도라고 생각하고 있었다. 친구는 나에게 그곳에서 무엇을 했냐며 답답해했다. 나는 대표가 불러서 나간 것이고 그곳에서 방송이나 광고와 관계가 있는 사람들을 소개받았다고 했다. 어리둥절해 하는 내게 친구는 가라오케에 자주 출입을 하면 사람들은 내가 노래를 부르고 춤을 추면서 술까지 따르는 도우미로 생각하고 소위 '2차'까지 나가는 것으로 오해한다고 설명했다. 일순간 자존심이 와르르 무너지는 느낌이었다. 주변 사람들은 내가 소속사에 들어간 이후에도 TV에 얼굴을 비추기는커녕 소소한 활동조차 전혀 하지 않자 술집에 나간다고 생각했던 것이다.

머릿속이 멍해지면서 하얘졌다. 내 사정을 어설프게 아는 사람들 대부분은 내가 배우를 준비한다는 것은 순 거짓말이고, 그냥 술집에 나가 돈을 번다고 믿는다고 했다. 나를 둘러싼 무성한 소문을 당사자인 나만 모르고 있었던 것이다. 그만큼 나는 방송국이나 촬영장이 아닌, K가 부른 가라오케에 더 많이 출입하고 있었고, 충분히 그런 오해를 살 만도 하다는 쪽으로 생각이 미쳤다. 집으로 돌아와 며칠 동안 끙끙 앓았다.

이후 나는 다시 소속사를 옮기자는 생각을 했다. K와 소속사 직원들의 눈을 피해 몰래 다른 기획사 관계자를 찾아다녔다. 그러던 어느 날 K와 식사를 하던 중 핸드폰으로 문자가 왔다. 이것을 본 K는 내가 다른 기획사 매니저들과 미팅을 한다는 것을 알게 되었다. 하지만 웬일인지 K는 핸드폰 번호를 바꿀 것과 반성문을 제출하는 것으로 넘어가 주었다. 대신 변경한 핸드폰 번호는 다른 사람들에게 일절 알려주지 못하게 하면서 앞으로 다른 기획사와는 절대 연락을 하거나 만나지 않겠다는 약속을 반성문 속에 쓰게 했다. 나는 소속사 직원의 도움을 받아 K가 흡족해 할 만한 반성문을 써서 제출했고 그럭저럭 그 일은 덮였다. 하지만 내 머릿속에는 하루빨리 이곳을 떠나야 한다는 생각이 확실히 더해졌다.

그렇게 시간이 흘러가다 K의 생일이 되었다. 2008년 8월 5일이었다. 나는 조만간 큰 문제없이 소속사를 나가기 위해서라도 대표의 심기를 건드리면 안 된다고 생각했다. 나는 K에게 줄 생일선물을 사서 파티 장소로 갔다.

파티장소는 ㄷ엔터 사무실의 3층이었다. 1층에는 와인 바가 있었고, 2층은 직원들이 업무를 보는 사무실, 3층은 VIP실로 함부로 출입할 수 없는 공간이었다. 나중에 자연 언니의 사건이 세상에 알려지고 난 뒤 3층의 VIP실이 어떤 용도였는지 추측들이 난무했지만, 그때까지만 해도 나 같은 신입 연기자로서는 존재 자체를 모르던 공간이었다.

저녁식사를 하기 위해 3층 VIP실에 들어갔다. 다른 곳은 둘

러볼 수도 없어서 파티 음식이 차려진 거실로 곧장 가서 앉았다. 그곳에는 미리 도착한 자연 언니가 식사를 하고 있었다. 언니는 화이트 미니 드레스를 입고 있었는데 생전에 마지막으로 참석했던 백상예술대상에서 입은 그 드레스였다.

파티에는 소속 연예인들과 지인들도 참석했다. 같은 소속사에 있으면서도 그 전까지는 단 한 번도 만난 적이 없었던 선배 여배우도 볼 수 있었다. 평소 만나고 싶었던 분이었기에 사소한 것들까지 모두 신기했다. 선배 여배우의 선물이 주홍색 지갑이었던 것까지 기억날 정도로 그날의 파티는 내 기억에 선명하게 남아 있다. 그렇게 그날은 내가 반드시 기억할 수밖에 없는, 또 꼭 기억해야만 하는 날이었고, 더할 나위 없이 행복했던 날이었기도 했다.

VIP실에서 두어 시간 정도 저녁식사를 하며 생일파티를 하고 난 뒤 K는 가라오케로 자리를 옮기자고 했다. 나는 자연 언니의 차를 타고 이동했다. 가라오케에서는 나와 자연 언니, 생일 파티의 주인공인 대표 K와 처음 그 자리에서 만난 낯선 남자 C, 그리고 예전에도 몇 차례 만났던 B까지 다섯 명이 함께 자리를 했다. 술잔이 몇 순배 돌았을까, 자연 언니 맞은편에 앉아 있던 C가 언니에게 무례한 말을 건넸다.

"팔뚝에 근육이 있어서 보기 싫다."

"옷차림을 그렇게 하면 남자들이 쉽게 본다."

"활짝 핀 꽃보다 꽃봉오리가 좋지."

좀처럼 표정을 드러내지 않던 언니의 표정이 어두워지는 것이 느껴졌다. 옆에 앉아있던 나는 언니에게 귓속말로 이런 말까지 들어야 하냐며 불만을 토로했다. 언니는 한숨을 쉬면서 매번 나에게 하던 예의 그 한마디를 꺼냈다.

"애기야, 너는 손톱에 때만큼도 몰라."

그러더니 갑자기 테이블 위로 올라가 춤을 추며 노래를 부르기 시작했다.

안 좋은 기분을 떨쳐내려 했던 것인지, 대표의 생일파티를 망치기 싫어서였는지 이유는 모르겠다. 하지만 그렇게 테이블 위에 올라가 춤까지 추는 언니의 모습은 처음이었다. 놀라서 그런 언니를 지켜보고 있는데 갑자기 C가 언니의 손목을 잡고 끌어당겨 자신의 무릎에 앉혔다. 그러더니 무릎에 앉은 언니의 옷 속으로 손을 넣었다. 언니가 완강히 거부하자 C는 언니의 몸을 마구 만지기 시작했다. 그런 그의 손을 가까스로 뿌리치고 일어난 언니는 K 옆으로 자리를 옮겼다.

나는 너무 놀라 아무 말도 할 수 없었고, 그 자리에는 잠시

정적이 흘렀다. 그리 길지 않은 시간 동안 벌어진 일이라고는 하지만, 함께 있던 그 누구도 C를 말리거나 그의 행동을 나무라며 문제 삼지 않았다. 침묵하는 대표 K와 B를 보면서 나는 속으로 그의 지위가 꽤나 높은 사람이라고만 생각했다. 생전 처음 그런 성추행을 바로 코앞에서 목도한 나는 큰 충격을 받았다.

다시 노래와 춤이 이어졌고 잠시 뒤 K는 내게 얼굴이 안 좋은 것 같다며 먼저 집으로 돌아가라고 했다. 나는 그 길로 가라오케를 나왔다. 그날은 너무나 많은 일이 있었다. 그리고 그 대부분이 내 인생에 있어 첫 경험이었다. 그날의 모든 일이 지금도 기억에 생생하게 남아있는 이유일 것이다.

대표의 생일파티에서 성추행을 목격한 뒤로 나는 더욱 ㄷ엔터를 나와야겠다고 생각했다. 하지만 좀처럼 대표와 연락이 닿지 않았다. 그렇게 한 달 정도가 흘러 추석이 되었다. 마침 아버지가 귀국해 대전 고향집에 머물고 있었다. 나는 매니저에게 이야기를 하고 대전으로 내려가 가족들과 추석연휴를 보내게 되었다.

추석 날 저녁이었다. K로부터 전화가 왔다. 대뜸 "어디야?"라고 물었다. 대전의 고향집이라고 하니, 거기에 왜 가있냐며 당장 서울로 올라오라고 했다. 나는 차표도 여의치 않고 귀성 차량에 길이 밀려 갈 수 없다고 말했다. 하지만 대표는 빨리 올라오라며 계속 전화를 걸어댔다. 난감해 하는 내게 K는 "여기 누구랑 있는 줄 알아? 드라마 PD와 같이 있어. 지금 오면 준비 중인 드라마에 바로 캐스팅이 될 거야."라는 말을 했다. 자연 언니도 함께 있다는 말도 했다.

　연신 걸려오는 K의 전화에 가족들 눈치를 살피던 나는 그의 요구를 처음으로 단호히 거절했다. K는 화가 많이 난 듯 했지만, 방송 관계자와 함께 있었기 때문인지 더 이상은 전화를 하지 않았다. 충실히 따라야만 하는 '갑'의 지시를 어긴 나는 더 이상 소속사에 남아 있을 수도 없었고, 나 역시 그래야 할 이유도 없다는 생각을 굳히게 되었다.

09

계약해지와 꽃보다 남자

나는 어떤 일이 있어도 하루빨리 소속사를 나가야겠다고 마음을 굳혔다. 하지만 대표와 만나 담판을 짓기 위해 소속사 사무실을 찾아가서는 만나지 못하거나 제대로 말도 건네지 못하고 돌아오는 일이 많았다. 대기실에 앉아있는 나를 발견한 K는 나를 못 본 척 곧장 자신의 사무실로 들어가 무슨 일인가로 고함을 치기도 했다. 섣불리 계약해지 이야기를 꺼낼 수 없는 분위기였다.

그런 날이 반복되면서 초조해진 나는 하는 수 없이 담당 매니저와 계약해지에 대해 의논을 했다. 매니저는 학업에 전념하기 위해 방송계를 떠나려는 것이고, 이후에는 일체의 방송

활동을 모두 접을 것이라고 하면 계약을 해지해줄 것이라고 귀띔을 해주었다. 나는 대표와 어렵게 만난 자리에서 매니저가 일러준 그대로 말했다. K는 처음에는 어차피 방송 활동을 안 할 것이라면 그냥 있으라며 계약해지를 거부했다. 합의가 되지 않으면 위약금 1억 원을 비롯해 배상까지 해야 하는 처지였던 나는 캐나다로 다시 돌아가 공부를 계속할 것이라며 몇 번인가 더 대표를 만나 설득했다.

결국 계약해지에 동의해준 대표를 만나는 마지막 자리에는 엄마도 함께 나갔다. 다행히도 위약금 1억 원이라는 어마어마한 금액이 아닌, 계약금 300만 원과 소속사가 지원한 학원비 등을 합친 300만 원, 총 600만 원을 배상하는 조건으로 K의 합의를 받아냈다.

ㄷ엔터가 소속 연예인들과 잡음이 많았던 것에 비하면 나는 비교적 조용히 그곳을 빠져나올 수 있었다. 훗날 경찰 조사를 받으면서도 계약을 해지할 때 K가 나를 꽤 봐준 것 같다는 말을 수사관들로부터 듣기도 했다. 그러면서 그들은 당시 대표 K가 일본으로 가기 전에 급전이 필요했을지도 모른다는 이야기도 했었다.

600만 원의 합의금을 물고 나는 마침내 계약을 해지했다.

2007년 12월 27일에 ㄷ엔터의 소속 연예인이 되어 2008년 10월 22일에 그곳을 나오기까지 10개월이 흘렀다. 무엇이든 원하는 것을 이룰 수 있게 해주리라 믿었던 꿈의 소속사가 훗날 내 인생을 뒤죽박죽으로 만든 악몽의 소속사였다는 것을 그때는 알지 못했다. 나는 그저 더 이상 방송활동을 빙자한 식사 자리, 술자리에 불려나가지 않아도 된다는 사실이 마냥 기뻤다. 단 하나 마음에 걸리는 것이 있다면 바로 자연 언니였다. 부당한 대우를 받으면서도 왜 그곳을 나오려는 시도조차 하지 않는 것인지 도저히 이해할 수 없었다. 아니 그보다는 애가 타고 답답했다. 그리고 나만 홀로 그곳을 빠져나왔다는 생각에 너무나 미안했다. 언니에게는 전화로 계약을 해지했다는 이야기를 전했다. 그리고 그 후로는 아주 드물게 안부를 나누는 정도가 전부였다.

ㄷ엔터를 나온 후 나는 더 이상 소속사를 찾지 않았다. 당분간은 혼자 힘으로 방송 일을 찾는 동시에, 대학원에 진학해 MBA 석사과정을 준비하기로 마음먹었다. ㄷ엔터에 소속되어 있으면서도 공부는 공부대로 열심이었던 덕분에 학업에서는 문제될 것이 없었다. 또, 소속사가 있었어도 기껏 4번의 오디션이 전부였기 때문에 소속사에 대한 기대는 이미 사라진 다

음이었다.

나는 우선 같은 처지에 있는 연예인 지망생들이 만든 인터넷 카페에 가입했다. 그곳에는 영화나 드라마 오디션에 대한 정보가 자주 업데이트 되었다. 마침 모 방송사에 방영될 청춘 드라마 〈꽃보다 남자〉에 출연할 연기자들을 공모한다는 공지가 올라왔다. 드라마 출연을 해본 적이 없던 나는 좋은 경험이 될 것이라고 생각하고 오디션에 참가했다. 오디션을 하는 곳은 드라마에 단체로 단역을 공급하는 캐스팅 회사였던 것으로 기억한다. 나는 그곳에서 〈꽃보다 남자〉에 나오는 20여 명의 학생 중 한 명으로 고정출연이 결정되었다.

〈꽃보다 남자〉의 촬영이 시작되고 보니, 자연 언니도 '악녀 3인방 진·선·미' 중 '선'으로 출연한다는 것을 알게 되었다. ㄷ엔터에 남아있던 언니가 드라마에 출연하게 된 것을 보면서, 나는 그나마 언니가 소속사의 도움을 받고 있다는 생각에 안심이 되기도 했다. 2009년 1월 초에 방송될 예정이던 드라마 〈꽃보다 남자〉는 한겨울 추위 속에서도 촬영을 강행했다. 나는 단역 출연자들과 함께 대절버스를 타고 움직였다. 워낙 적응력이 좋아서 소속사나 매니저가 없다는 사실은 아무 상관 없었다. 처음으로 연기를 접할 수 있는 기회가 찾아왔다는 생각에 꿋꿋이 버텼다. 열심히 한 덕분인지 촬영 현장에서 즉석으로 연기테스트를 받고 F4 남자 주인공 중 한 명인 김범 씨의 애인 역에 뽑히기도 했다.

나는 그의 옆에서 늘 팔짱을 끼고 서있는 역할이었다. 대사 도 몇 마디 없는 단역이었기 때문에 알아보는 사람은 드물었 지만, 카메라 앞에 서있는 순간의 설렘과 흥분으로 잠도 제대 로 잘 수 없었다.

그러던 어느 날, 촬영이 거의 종반으로 치닫고 있을 때였다. 파티 장면을 찍기 위해 대기 중이었는데 내게로 걸어오는 자 연 언니의 모습이 눈에 들어왔다. 그때까지 자연 언니와 함께 하는 촬영 장면이 없어서 현장에서 만나지 못했었다. 언니는 내 손을 잡으며 반갑게 인사를 했다. 여기에는 어떻게 오게 된 것인지 묻는 언니에게 그간의 일을 설명했다. 그러자 언니는 어떻게 ㄷ엔터를 나갔는지 궁금해 했다.

단체출연 중이었던 단역 연기자들이 '악녀 3인방 진ㆍ선ㆍ 미' 중 '선'과 이야기를 나누는 나를 신기한 듯 바라봤다. 언니 는 민소매 파티 드레스를 입고 추위에 떠는 나를 작은 난로가 있는 곳으로 데리고 갔다. 다시 만난 뒤에도 언니는 변함없이 따뜻하게 나를 배려했고, 나는 그런 언니가 너무나 고마웠다.

긴 이야기는 나눌 새도 없이 곧 촬영이 시작되었고 언니와 나는 각자 다른 위치에서 다른 역할을 연기했다.

촬영은 새벽이 되어서야 겨우 끝이 났다. 촬영장을 떠나기 전 잠시 화장실에 들렀다. 그곳에서 자연 언니는 화장을 지우고 세수를 하고 있었다. 한겨울에 차가운 수돗물로 세수를 하느라 언니의 얼굴이 새빨갰다. 왠지 안쓰러운 마음이 들었다. 언니는 잠시 시간이 있는지 내게 물었다. 난방도 되지 않아 한기가 느껴지는 화장실에서 단둘이 이야기를 시작했다.

언니는 너라도 소속사를 나갈 수 있어서 다행이라며 어떻게 나갈 수 있었는지 물었다. 언니는 좀처럼 남의 일에 관심이 없던 사람이었다. 하지만, 그때 만난 언니는 하고 싶은 말이 무척 많아 보였다.

"나 너한테 할 얘기가 있는데 얘기 좀 하자."

이런 말을 하는 언니의 모습은 처음이었다. 그런데 단역들을 태우고 다니는 버스가 곧 떠날 것이라며 나를 부르는 소리가 들렸다. 언니는 자신의 차로 데려다주겠다며 따뜻하게 말을 건넸지만, 나는 그렇게 하지 않았다. 나 혼자만 소속사를 빠져나왔다는 사실이 너무 미안해서였을까, 고된 촬영 탓이었을까……

나는 언니에게 조금이라도 폐를 끼치고 싶지 않았다. 그건 내 나름의 배려였다. 극 중에서도 확연한 차이가 나는 단역 배우였던 나는 단체버스로 이동하는 것이 당연하다고 생각했다.

"언니 나중에 다시 이야기 해."라고 하고는 서둘러 버스로 갔다. 그날의 일을 이토록 오랫동안 후회하게 되리라고는 그때는 전혀 알지 못했다.

얼마 되지 않아 자연 언니에게서 연락이 왔다. 언니의 용건은 역시 어떻게 내가 회사를 나갈 수 있었는지에 대한 것이었다. 언니 역시 ㄷ엔터를 나오고 싶은데 대표 K가 못나가게 한다며 위약금 1억 원을 어떻게 마련할지 걱정했다.

"어떻게 할까……."

무심결에 내뱉은 혼잣말에 알 수 없는 슬픔과 착잡함이 배어 있었다. 나는 꽤 여러 날 대표를 만나러 사무실에 찾아갔던 일과 위약금, 그리고 계약해지 조건에 대해 자세히 들려주었다. 잠시 머뭇거리던 언니는 자신의 사정을 털어놓았다. 영화와 드라마 촬영을 하고 있는데, 의상과 분장을 도와주는 스타일리스트와 촬영 일을 봐주는 매니저의 월급, 그리고 촬영에 필요한 경비를 모두 본인 돈으로 해결하고 있다는 것이었다. 도대체 소속사에서 지불해야 하는 금액을 왜 언니가 부담하고 있는지 이해할 수 없었다.

조, 단역 배우들의 여건은 세상에 알려진 것보다 더 처절하고 비참하다. 지상파 방송사의 경우에는 연기자의 등급에 따라 출연료가 책정되어 있다. 최저 등급의 연기자는 한 달에 20일을 드라마에 출연한다고 해도 식비와 차비를 포함해 1년에 천만 원을 벌기 힘들다. 역할이 미미하고 대사가 없는 사소한 단역, 주로 지나가는 행인이나 이름 없는 군중의 한 명으로 출연하려고 해도 그런 촬영이 매일 있는 것도, 그런 역할이 매일 주어지는 것도 아니다. 캐스팅이 불규칙해서 고정수입이 있다고 말할 수 없는 것이 바로 먹고살기에도 빠듯한 생계형 조, 단역의 삶이다.

아르바이트와 투잡을 뛰지 않으면 극심한 생활고를 이겨낼 수 없다. 대한민국에서 배우로, 아니 생계형 조, 단역으로 살아가는 것은 결코 쉬운 일이 아니다. 그런데도 자연 언니는 몇 푼 안 되는 출연료에서 스타일리스트와 매니저 월급, 촬영에 필요한 경비 일체를 부담하고 있었던 것이다.

놀라운 일은 이것만이 아니었다.

얼마 전 찍은 영화에서는 베드 씬 촬영이 있었다는 말도 했다. 처음 촬영을 시작할 때 이야기 했던 것과는 달리, 영화 촬영이 진행될수록 신체노출 강도가 점점 심해져서 끝내는 전라(全裸) 연기를 했다는 것이었다. 보통 신체노출이 많은 성인영화에서는 촬영 전에 배우가 어느 부분까지 노출을 할 것인지를 영화감독과 확정짓는 경우가 대부분이다. 만약 촬영이 진행되는 동안 감독과 배우 사이에 이견이 생기면 소속사가 나서서 영화 제작자나 감독에게 문제 제기를 하고 조율을 하는 것이 일반적이다. 그런데 자연 언니는 소속사의 이런 지원을 전혀 받지 못하고 있었던 것이다. 심지어 베드 씬을 촬영한 날 매니저마저 촬영 현장에 오지 않아서 언니 혼자 모든 것을 감당해야 했다는 충격적인 이야기도 들었다. 도무지 이해할 수 없었다. 그리고 화가 났다.

나는 언니가 모든 경비를 부담하고 있고, 소속사가 해야 할 일을 등한시하고 있다면 ㄷ엔터와의 계약해지가 더 유리하지 않겠냐고 말했다. 그러자 언니는 이런 이야기를 하려고 해도 얼마 전부터 대표 K와는 연락이 닿지 않는다고 했다.

"일본으로 도망갔대. 그래서인지 전화가 안 돼."

그게 전부였다. 이 정도로 고역스러운 상황에 처했어도 속 시원히 욕 한 번 못하는 사람이 바로 언니였다. 그 후로 몇 번인가 문자 메시지만 왔을 뿐, 언니에게서는 더 이상 연락이 없었다.

어찌됐든 언니는 단역이든 조역이든 영화 출연을 하는데다 드라마 촬영까지 하고 있으니 대표 K가 돌아오면 문제가 해결될 것이라고 생각했다. 나는 몇 번인가 더 촬영장에 나갔지만 언니와 만나지는 못했다. 그렇게 내가 출연하는 분량의 촬영도 끝이 났다. 그리고 다른 방송 일을 찾으면서 경영대학원에 입학해 국제 MBA 석사과정을 밟기 시작했다. 그즈음 드라마 〈꽃보다 남자〉는 최고의 화제작이 되었고, '악녀 3인방 진·선·미' 중 '선'인 '써니' 역의 언니는 시청자에게 강한 인상을 남겼다.

2009년 2월 27일, 백상예술대상 시상식이 열리는 날이었다. 언니는 하얀 미니 드레스를 입고 환하게 미소 지으며 레드카펫을 밟고 있었다. K의 지난 생일 파티에서 C가 성추행을 하던 바로 그날 입었던 바로 그 미니 화이트 드레스였다. 언니의 비보가 전해지기 불과 일주일 전이었다. 그것이 내가 마지막으로 본 자연 언니의 모습이었다.

자연 언니의 죽음

2009년 3월이었다. 안성에 있는 한 대학교의 영상콘텐츠 기업에서 뮤직 비디오에 출연할 배우를 찾고 있었다. 나는 공모를 보고 찾아가 주인공 역할을 맡았다. 어떤 노래였는지는 기억이 나지 않는다. 3월 초라고는 하지만, 아직은 쌀쌀한 날씨에 얇은 드레스를 입고 추위에 떨며 촬영을 했다.

3월 7일 자정 무렵, 촬영이 거의 끝나갈 즈음 하루 종일 꺼두었던 핸드폰의 전원을 켰다. 부재중 전화 알림이 연달아 들리면서 ㄷ엔터 매니저들의 전화번호가 남겨져 있었다. 이 문자 보면 연락 줘. 매니저들 중 한 명은 문자 메시지를 남기기도 했다. 무엇인가 석연치 않은 느낌이 들었다. 매니저에게 전화를 걸었다.

"놀라지 말고 들어."

매니저의 말을 듣자마자 나는 이미 심장이 뛰기 시작했다.

"장자연이 죽었어, 자살했어."

나는 그 자리에 주저앉아 버리고 말았다. 그리고는 아이처럼 엉엉 소리를 내며 울었던 것 같다. 이제 막 세상 사람들의 주목을 받기 시작했던 언니는 드라마 〈꽃보다 남자〉가 끝나기도 전에 극단적인 선택을 했던 것이다. 드라마의 마지막 회까지 얼마 남지 않아 막바지 촬영이 한창이던 때였다.

나는 감정을 걷잡을 수 없었다. 내 울음소리를 들은 뮤직 비디오의 촬영 스태프들이 달려왔고, 나는 사정을 이야기한 후 집으로 왔다. 어떻게 돌아왔는지 기억조차 나지 않는다. 머릿속에는 언니의 마지막 말, 할 얘기가 있는데 얘기 좀 하자던 언니의 목소리가 계속해서 맴돌았다. 언니의 이야기를 들어주지 않아서 그랬을까, 둘이 함께 속 시원히 말이라도 나눴으면 언니는 그런 선택을 하지 않았을까. 미안함과 죄책감에 울음을 멈출 수 없었다. 나는 언니에게 가기 위해 검은색 정장을 꺼내 입었다. 잠시 뒤 매니저가 집으로 와서 자연 언니의 빈소가 마련된 분당 서울대병원 장례식장으로 데려다 주었다.

장례식장은 입구부터 취재진들로 소란스러웠다. 저녁 무렵 자살 소식을 보도한 후, 다시 조문객을 취재하고 후속 기사를 내느라 바삐 움직이고 있었다. 나는 빈소를 찾아 들어갔다. 자연 언니의 친언니 S와 오빠가 자리를 지키고 있었다. 다른 사람들은 눈에 띄지 않았다. 빈소를 차린 지 얼마 되지 않아서였던 것 같다.

영정사진 속에서 미소 짓고 있는 자연 언니를 보자 다시 눈물이 났다. 조용히 조문을 마치고 S와 이야기를 나누었다. 자택 계단의 난간에 목을 맨 채 숨져있는 자연 언니를 S가 발견하고 경찰에 신고했다고 말했다. S를 통해 자연 언니가 우울증 약을 복용하고 있었다는 사실을 처음 알게 되었다. 그때까지만 해도 나는 자연 언니의 죽음이 언론에 보도된 것처럼 우울증 때문이라고 생각했다. 말을 하는 것조차 너무나 힘겨워하는 S의 모습에 더 자세한 이야기는 차마 물어볼 수 없었다. 조문을 마쳤지만, 썰렁한 빈소를 그냥 나올 수도 없었다. 더 정확히는 자연 언니를 그곳에 남겨두고는 발길이 떨어지지 않을 것 같았다. 나는 함께 빈소를 지키기로 했다.

시간이 지나면서 빈소에는 조금씩 조문객들의 발길이 늘었다. 그들 중에는 자연 언니와 소속사 이적에 대해 협의하던 한 기획사 대표도 있었다. 그는 유가족에게 자연 언니를 좀 더 빨리 ㄷ엔터에서 데리고 나와 자신의 소속사로 옮기게 했다면 자살은 하지 않았을 것이라는 말을 했다. 그러면서 자연 언니의 문건에 대해서도 이야기했다. 나는 무슨 말인지 전혀 알아들 수 없었다.

얼마 후 Y라는 ㅎ엔터 대표 이름으로 조화가 배달되었다. S는 그 조화를 보자마자 갖다 버리라고 했다. 그리고 Y의 조문조차 완강히 거부했다. Y는 예전에 ㄷ엔터에서 매니저로 일하다 독립해서 새로 연예기획사를 차린 사람이었다.

S의 말에 따르면 어느 날 Y가 전화를 걸어왔다고 했다. "자연이가 우리 사무실에서 작성한 글이 있다. 이것을 어떻게 하면 좋겠냐?" 하고 물었다는 것이다.

S는 내게 ㄷ엔터 대표 K가 자연 언니에게 폭력을 휘두른 사실이 있는지, 나도 피해를 본 것이 있는지 물었다. 그러면서 자연 언니가 작성한 그 글에는 공개되면 안 되는 내용도 있다면서 더 이상의 설명은 해주지 않았다. 무슨 내용이 적혀 있는지는 몰랐지만, 자연 언니가 쓴 글이 이 세상에 존재한다는 것을 나는 장례식장에서 알았다.

사실 Y는 자연 언니가 자살하기 얼마 전, 내게도 전화를 걸어 만나자는 이야기를 한 적이 있었다. 만나서 무엇인가를 써 줬으면 좋겠다며, 자연 언니도 썼다는 말을 했다. 평소 교류가 있었던 사람도 아니었고, 무엇을 쓰라는 것인지 묻는 내 말에 명확히 답을 하지 못하는 것이 석연치 않아서 거절했었다.

조문을 거절당한 Y는 내게 여러 차례 전화를 해서 화를 내다가 나중에는 욕설까지 퍼부었다. 왜 내게 욕을 하느냐고 물으니, 잘 알지도 못하면서 도대체 유족에게 무슨 말을 한 것이냐고 되물었다. Y는 내가 자연 언니에 대해 무엇인가를 알고 있어서 자신의 조문을 방해한다고 생각하는 것 같았다. Y의 그런 말에 오히려 점점 의문이 생겼다. 도대체 자연 언니와 Y, 그들 사이에 어떤 일이 있었던 걸까. 자연 언니가 자살을 선택한 데에는 나만 모르는, 무엇인가 다른 이유가 있을지 모른다는 생각이 처음 들었다. 하지만 그런 것을 묻는다고 대답해줄 사람은 없어 보였다.

많은 것이 혼란스러웠다. 잠을 잘 수도 변변히 세수조차 하지 못한 채 빈소를 지키던 둘째 날, 자연 언니의 입관이 시작되었다. 유족과 함께 입관실로 들어가니 반듯하게 누워 있는 자연 언니가 보였다. 자연 언니의 낯빛은 보랏빛으로 창백했지만, 잠들어 있는 듯 평온해 보였다. 그때가 되어서야 나는 언니의 죽음을 실감했다. 마지막 인사를 하라는 누군가의 말에 울면서 언니의 얼굴을 쓰다듬었다. 얼음장처럼 차가웠다. 내가 기억하는 자연 언니는 늘 활기차고 따뜻한 사람이었다. 웃는 얼굴에 하이 톤의 목소리로 나를 보면 애기야, 애기야 하던 사람. 앞으로 다시는 볼 수 없다는 생각에 언니의 볼을 만지며 울었다.

"잘 가, 언니. 편하게 쉬어, 미안해."

그 말 외에는 할 말이 없었다.

그리고 다음 날 화장을 했다.

유족과 함께 언니의 유골함을 들고 부모님 묘소가 있는 전라북도의 선산으로 갔다. 간단히 제를 올리는데 S가 자연이네 하며 한쪽을 가리켰다. 사슴 한 마리가 타박타박 천천히 걸어와 걸음을 멈추고 우리 쪽을 보고 서있었다. 어쩌면 노루였는지도 모르겠다. 그리고는 이내 자리를 떠났다. 자연이가 왔다 갔다는 S의 말에 나는 정말 그럴지도 모른다고 생각했다. 그렇게 언니를 보냈다.

사흘 만에 서울의 집으로 돌아왔다. 나만 소속사 ㄷ엔터에서 나와, 나만 살아남았다는 죄책감이 끝없이 밀려왔다. 언니의 장례식 뒤에도 언론은 이제 막 인기몰이가 시작된 한 여배우의 죽음을 다루고 있었다. 죽은 뒤에 받게 된 더 큰 관심이 그저 애통할 뿐이었다. 하지만 그것은 시작에 불과했다. 불과 하루 뒤 자연 언니와 나는 우리나라 연예계를 통틀어 전례를 찾을 수 없을 만큼의 큰 소용돌이에 휩쓸리며 언론의 주목을 받게 되었다.

장자연 리스트

2009년 3월 10일. 자연 언니의 장례를 치른 바로 다음날이었다.

죽은 언니의 심경고백 글 일부가 존재한다는 신문 보도가 터져 나왔다. 경찰이 자살로 잠정 결론을 내렸던 언니의 사건은 다시 파문을 일으켰다.

'저는 나약하고 힘없는 신인 배우입니다. 이 고통에서 벗어나고 싶습니다.'

이 글과 함께 자살하기 일주일 전인 09. 2. 28이라는 날짜, 서명, 주민등록번호, 그리고 사인에 지장 날인까지, 언니가 작성했다는 문서의 사진도 함께 공개되었다. 언니의 심경고백 글에 대해 보도한 기자는 ㅎ엔터 대표 Y와 직접 만나 자연 언니가 작성한 사실을 확인했다고 했다. 그 문서를 어떻게 Y가 갖게 되었는지는 알 수 없었지만, Y는 그 문서의 공개 여부는 전적으로 유족이 결정할 문제라고 선을 긋고 있었다.

보도가 나간 후 후폭풍을 감당 못해서였는지 Y는 내게 문서를 공개한 사람이 나라고 하면 안 되겠냐는 이상한 부탁을 했다. 그것은 사실이 아니기에 나는 할 수 없다고 거절했다. 그러자 Y는 누군가의 이름을 대면서 혹시 내가 예전에 그 이름의 사람을 만나 명함을 받았는지 확인해 달라고 했다. 마침 Y가 불러주는 이름의 명함을 가지고 있어서 거기에 적힌 소속과 직위를 알려주었다. Y는 계속해서 한 명 한 명 이름을 대며 확인을 부탁했다. 나는 Y와의 통화가 아무래도 이상했다. 그래서 통화 도중 녹음기를 갖다 달라고 엄마에게 부탁했다. 결국 이 통화내용 녹음은 추후 경찰조사 과정에서 제출하였다.

Y가 확인하려고 하는 사람들이 도대체 누구이며, 그가 무엇 때문에 그런 일을 하는지는 설명하지 않았다. 내가 갖고 있던 명함은 몇 장 없었지만 Y는 계속해서 사람들의 이름을 댔다. 지금 생각해보면 그것이 '장자연 리스트'였을지도 모르겠다는 생각이 든다.

3월 12일, Y에게서 다시 연락이 왔다. 자연 언니가 작성한 문서를 유족들에게 건네주려 하는데 그곳에 나오라는 것이었다. 유족도 아닌 내가 그 자리에 가야 하는 이유를 물었다. Y는 자연 언니가 나에게도 남긴 글이 있다고 했다. 나는 자연 언니가 내게 무슨 말을 남겼는지 알고 싶었다. 아니, 언니가 나에게 하고 싶었던 그 말에 어떤 심정이 담겼는지 알아야 했다. Y는 만날 시간과 장소를 다시 알려주기로 했다. 잠시 후 Y로부터 문자 메시지가 왔다.

'오후 6시에 봉은사에서 보자 그럼… 와서 다짐하자, 꼭 K를 가만 안두기루. 아니야, 너 위험해 질라. 그냥 봉은사 앞에서 5시 반에 보자.'

그는 문자로도 횡설수설하고 있었다. 메시지에서는 뭔가 Y의 불안한 심경이 느껴졌다. K를 가만 안 둔다는 것은 무슨 뜻이고 내가 위험해진다는 것은 무슨 뜻인지……. 도통 모르는 이야기였다. 한 시간쯤 뒤에 Y에게서 다시 연락이 왔다. 오금역 1번 출구로 오라는 내용이었다.

오금역에 도착하니 Y의 경호원처럼 보이는 젊은 남자가 나를 기다리고 있었다. 경호원은 왜 데리고 다니는지, Y의 행동은 좀처럼 이해할 수 없는 것투성이였다. 경호원은 나를 Y가 타고 있는 차로 데려갔다. 내가 차에 오르자 Y는 언니의 유족과 만나기로 했다는 봉은사 주차장으로 가야 한다고 했다.

주차장에 도착하니 유족의 모습은 아직 보이지 않았다. 차에 앉아 유족들이 도착하기를 기다리는 동안, Y는 품에서 문서를 꺼내 내게 건넸다. 자연 언니가 썼다는 심경고백 글이었다. 나는 떨리는 마음으로 글을 읽어 내려갔다. 아니, 언니가 내게 남긴 말이 무엇인지 찾고 있었다. 문서에는 K의 지시로 술자리에 수차례 불려나갔던 사실과 K로부터 구타를 당한 일들이 기록되어 있었다.

K는 때와 장소를 가리지 않고 폭력을 행사한 것 같았다. 손과 PT병으로 수없이 구타를 하고나서는 밖에 사람들이 있으니까 눈물을 닦고 나오라고 했다는 부분에서는 나도 모르게 분노가 치밀었다. 눈물을 흘리는데도 폭행을 멈추지 않았다는 것이다. 그뿐만이 아니었다. 드라마에 출연을 하고 싶으면 B 사장과 그의 아들, 두 부자와 잠자리를 하라며 성상납을 강요했다고 쓰여 있었다. 게다가 어머니의 기일에도 술 접대를 강요당했다고 적혀 있었다. 많은 일들이 적나라하게 적혀 있던 그 글은 지인들과 가족들에게 피해가 가지 않았으면 좋겠다는 바람으로 끝나 있었다.

마지막 두 장에는 이름이 쭉 나열되어 있었다. 이른바 '장자연 리스트'였다. 그 리스트에는 이름과 회장, 사장, 대표, 감독 등 직위만 간단히 적혀 있을 뿐, 구체적인 회사명이나 소속이 쓰여 있지는 않았다. 유독 기억에 남는 것은 B 성의 세 사람 이름이 연달아 적혀 있던 부분이다. 그렇게 A4 용지 한 장은 빼곡히, 또 한 장은 ⅓ 정도의 분량으로 사람들의 명단이 적혀 있었고 족히 4, 50명 정도는 되는 것 같았다. 리스트까지 포함하여 내가 읽은 문건은 모두 7장의 사본이었다.

문건을 읽고 난 다음에는 이것이 자연 언니가 자신의 심경을 기록한 것이라는 느낌은 들지 않았다. 누군가에게, 어떤 일에 대응하기 위해 작성한 것 같은, 용도를 알 수 없는 이상한 내용증명서 쯤으로 생각되었다. 물론 Y가 말했던 언니가 내게 남겼다는 글은 어디에도 없었다.

언니도 나만큼이나 ㄷ엔터를 절실히 나오고 싶어 했었고, 그것은 죽을 때까지 배우로 살고 싶어서였다. 여배우로서 살아가려면 이 문건에 적힌 내용들이 공개될까봐 오히려 두려워해야 마땅한 일이다. 아무리 '성상납을 했습니다.'가 아니라 '성상납을 강요받았습니다.'라고 할지라도 그런 내용을 세상에 밝히기 위해 언니 스스로 문건을 작성했다는 사실을 나는 좀처럼 믿을 수 없었다.

잠시 뒤 자연 언니의 유족들이 도착했다. S와 친오빠, 숙모가 함께였다. 장례를 치른 지 사흘 만에 다시 만난 S는 장례식 때보다 더 형편없는 모습이었다. 화장기 하나 없는 민낯은 창백하게 질려 있었고 가뜩이나 작고 여린 체구는 곧 쓰러질 것처럼 보였다. 혼자서는 잘 걷지도 못하는 상태였고, 누군가의 부축을 받지 않으면 안 될 정도로 힘이 없어 보였다. S의 눈은 울어서 퉁퉁 부은 채 초점 없이 풀려 있었다.

S는 Y에게 자연 언니가 썼다는 문서를 내놓으라고 했다. Y는 자신의 경호원에게 봉은사 절 안쪽에 있는 큰 돌을 가리키며 그 아래 흙 속에 묻어놓은 것을 찾아서 가져오라고 했다. 경호원이 돌 아래에서 찾아낸 것은 흙 속에 묻혀있던 비닐봉지였다. 비닐봉지 안에는 문서가 들어있었고, S는 꺼내 읽기 시작했다. 내용이 같은 것으로 봐서는 내가 먼저 읽었던 문서의 원본 같았다.

S는 문건을 보자마자 소리쳤다.

"이거 자연이 글씨체가 아니야, 우리 자연이 글씨체가 아니야. 우리 자연이 이렇게 글씨 잘 못써. 내가 우리 애기 글씨체를 모를 것 같아? 원본 내놔!"

자연 언니의 필체가 아니라는 것이었다. Y는 원본이라며 만약 아니라면 언론에 공개해도 되지 않겠다며 말했다.

"이게 원본이 맞아요. 정 의심스러우면 경찰에 제출해서 진위여부를 확인해보면 될 거 아니에요. 그리고 이게 원본이 아니라면 언론에 공개해도 되지 않나요?"

그 말에 S는 그럴수록 공개는 더욱 더 안 되는 일이라 했다.

"그게 무슨 말이야! 이게 원본이어도 폐기해야 하고, 원본이 아니면 더더욱 폐기해야 해!"

"이 문건을 없애면 다시는 돌이킬 수 없어요. 이게 어떤 건지나 알고 있는 거예요? 자연이의 죽음이 헛되지 않게 언론에 공개해야 해요."

Y는 설득을 멈추지 않았다.

"왜 내 동생 이름이 또 세상에 나와야 해? 좋은 일도 아닌데……. 죽은 애가 살아 돌아오는 것도 아닌데!"

S는 울부짖었다.

한동안 말다툼을 하던 자연 언니의 유족과 Y는 마침내 그 문건의 원본과 사본을 모두 소각하는 데에 합의했다. 그리고 모두가 보는 앞에서 문건의 원본과 사본을 길가 바닥에 놓고 불을 붙였다. 종이 한 조각 남지 않도록 모두 불 태운 다음, 남은 재마저 경호원이 구둣발로 짓이겨 없앴다. 그렇게 문건을 소각한 후 유족은 그 자리를 떠났다. Y는 내게 유족을 이해할 수 없다며 한탄을 했다. 하지만, 자연 언니가 죽기 전 직접 Y 자신에게 문건을 건넸고, 그래서 그 죽음을 헛되이 하고 싶지 않아 세상에 알리고 싶다던 Y는 왜 본인이 직접 나서서 그 문건을 공개하지 않는지 이유를 설명하지는 않았다. 그렇게 자연 언니의 심경고백 글인지, 내용 증명서인지 모를 그 문건은 세상에서 사라진 듯 했다.

그러나 다음 날인 3월 13일, 한 지상파 뉴스는 자연 언니가 썼다는 심경고백 문건의 구체적인 내용을 '최초 공개'라며 보도했다. 앞서 심경고백 글이 존재한다는 보도는 다른 언론사를 통해 밝혀졌었지만, 그 문서의 구체적인 내용이 언급된 것은 처음이었다.

'어느 감독이 골프 치러 갈 때 술과 골프 접대를 요구받았다 룸살롱에서 술 접대를 시켰다. 끊임없는 술자리 강요로 정신과 치료를 받고 있다. 접대해야 하는 상대에게 잠자리를 강요받아야 했다……'

충격적인 고백들이 공개되었다. 이 뿐만이 아니었다. 그 지상파 뉴스는 며칠간의 집중보도를 통해 '방 안에 가둬놓고 손과 페트병으로 머리를 수없이 때렸다. 협박과 온갖 욕설, 구타를 당했다. 매니저 월급 등 모든 것을 내가 부담하도록 강요받았다.'는 내용을 비롯해, 접대 대상자가 방송제작자, 방송사 PD, 재벌, 언론사 임원 등 10여 명의 유력인사라는 장자연 리스트까지 거론했다. 문건은 '장자연' 본인의 심경이 아닌, 엄연한 범죄사실을 적시한 기록이고 고발이라며 세상은 재수사를 촉구하는 여론으로 들끓었다.

이상한 일이었다. 분명 언니가 작성했다는 문건은 나와 유족 앞에서 불태워졌었다. 재도 남지 않았을 만큼 완전히 소각되었는데 뉴스를 보면 세상에는 또 다른 문건이 존재한다는 의미가 되었다. 방송사는 불필요한 오해를 사지 않기 위해 문건의 입수 과정을 공개하겠다며 경위를 밝혔다.

취재진은 13일 오후 5시 30분, Y의 사무실 앞에 있던 100리터 쓰레기봉투 맨 위에서 물에 젖어 불에 타다 남은 문건을 발견했다. 이어 오후 9시경 현장을 다시 찾았을 때 쓰레기봉투 아랫부분에서 찢어진 사본을 발견했다. 6시간에 걸쳐 이를 복구하고 복원된 문건은 Y가 가지고 있던 사본 4장으로 추정된다고 했다. 그러면서 문서 입수 과정에 조력자는 전혀 없었음을 강력히 주장했다.

3월 13일이면 우리가 문서를 소각한 바로 다음 날이었고, 이 보도대로라면 Y가 또 다른 사본을 갖고 있었다는 말이었다. 원본을 비닐봉지에 담아 땅 속에 묻고, 불태운 재마저 구둣발로 짓이겨 없앨 정도로 철두철미했던 그가 문건을 그냥 쓰레기봉투에 버렸다는 것이 믿기지 않았다. 하지만 그렇게 언니의 문건은 다시 세상에 존재를 드러냈고, 언니 스스로 생을 마감한 지 6일 만에 사건은 새로운 국면으로 접어들었다. 언니의 사인을 단순 자살로 잠정 결론짓고, 그것이 우울증과 악플 때문이라고 수사를 종결했던 경찰에서는 폭행, 잠자리 강요, 불법행위에 대한 재조사가 불가피하다는 입장을 발표했다.

나는 경찰조사 당시 문건을 소각한 위치를 알려주었다. 경찰은 그곳에서 채취한 문건의 재를 분석한 결과, 소각된 성분 그 어디에도 인주 성분이 나오지 않았다고 했다. 지장 날인이 되어 있는 원본이라면 당연히 인주 성분이 나왔어야 했다. 원본은 태워지지 않았던 것이다. 게다가 S가 말한 글씨체가 다르다는 것 또한 원본 사본 모두 자연 언니가 작성한 것이 아닐 수 있겠다는 생각이 들었다.

3월 14일, Y로부터 연락이 왔다. 자연 언니의 심경고백 문건이 세상에 공개되면서 충격을 받아 병원에 입원해 있다는 것이었다. 입원 전 그는 경찰에 소환되어 5시간에 걸쳐 조사를 받았다고 했다. 그도 자연 언니처럼 잘못된 선택을 할지도 모른다는 생각에 더럭 겁이 났다. 나는 엄마와 함께 입원실로 갔다. 예상대로 병실 문 앞에는 취재진들이 진을 치고 있었다. 엘리베이터 문이 열리자마자 낯선 사람들이 웅성거리며 내가 누구인지를 기필코 알아내고야 말겠다는 차가운 눈빛으로 플래시를 터뜨렸다. 아직은 쌀쌀한 날씨에 스카프를 칭칭 감고 있었던 나는 마치 죄인인 양 고개를 푹 숙이고 스카프에 얼굴을 다 파묻은 채 엄마 뒤에 숨어 병실을 향했다.

Y는 나에게 "내가 너무 힘들어, 네가 좀 도와줘."라고 말했다. 무엇을 도와달라는 것인지 구체적으로 언급하지는 않았던 것 같다. 나는 무슨 일이 어떻게 돌아가고 있는지 전혀 갈피를 잡을 수 없었다.

그리고 나는 또 한 통의 전화를 받았다. 경기지방경찰청 광역수사대에서 '장자연에 대한 변사사건' 참고인으로 소환한다는 통보였다. 바로 이날이 경찰이 국민적 의혹 사건을 신속하고 정확하게 수사하겠다며 경기 분당경찰서 형사3팀과 경기경찰청 광역수사대 소속 경찰관 27명으로 '장자연 수사 전담팀'을 꾸렸던 날이다.

참고인 조사

2009년 3월 15일 0시 25분경, 나는 경기지방경찰청에 도착
했다. 참고인 조사라고 하지만, 긴장을 풀 수 없었다.

진술을 시작했다. 수사관이 묻고 내가 대답하는 방식이었
다. 수사관은 내가 자연 언니와 어떤 관계였는지부터 ㄷ엔터
와의 계약관계, 그리고 자연 언니의 문건에 대해 질문했다. 나
는 기억나는 모든 것을 차분히 진술했다.

다음으로 대표 K와의 술자리에 관한 질문이 시작되었다. 수
사관은 '술시중'이라는 표현을 쓰면서, 성추행이나 성상납에
관한 것을 물었다. 술자리의 일을 이야기하면서 나는 K의 지
인, 낯선 남자가 저지른 성추행에 대해서만 말을 했다. 그리고

성상납에 대해서는 아는 것이 없다고 했다. 실제로 그랬다. 하지만 수사관은 성상납에 대해 집중적으로 물었고, 나도 강요에 의해 성상납을 해왔던 것은 아닌지 의심하는 것 같았다. 그저 술자리에 갔었다는 이유로 그런 억측을 하는 사람들은 예상 외로 많았다. 나는 결단코 그런 일을 하지 않았기에 냉정함을 유지할 수 있었지만, 억울하다는 생각은 들었다.

한 여배우의 죽음을 앞에 두고도 사람들은 그런 일이 생기지 않기를 원했다면 술자리에 가지 않았어야 하는 것이 아니냐고들 했다. 결국에는 뭔가를 얻기 위한 욕심 때문에 술자리에 간 것이 아니냐며 떠들어대는 사람들에게는 절로 진절머리가 났다. 나도 대학에 다니면서 MT나 선배들과 만난 자리에서 술을 마셔야 했던 경험이 있다. 술을 못한다는 말을 해도 어떻게든 강권하는 사람들이 꼭 있었다. 학교 선후배 사이에서도 이런 일이 비일비재한데, 사회생활을 시작하면 술자리는 그저 단순한 술자리가 아니게 된다. 단합을 위해서, 처세를 위해서라도 술자리 회식은 피할 수 없는 난관이다. 그 자리에 빠지면 미운털이 단단히 박힌다는 것쯤은 사회 초년생도 익히 알고 있을 것이다. 나 역시 처지는 마찬가지였다. 내게 소속사는 직장이었고, 나는 배우라지만 회사에 소속된 직원과 다름 없었다. 당연히 곤욕스러웠던 그자리가 더군다나 위약금 1억 원과 관련이 있었다는 것을 그들은 알고 있을까.

수사관들 사이에서는 다 알면서 진술을 하지 않는 것 아니냐는 말까지 나왔다. 내가 수사에 협조적이지 않다고 생각했는지 윗사람으로 보이는 수사관이 와서 제대로 얘기를 하라고 했다. 나는 그러려고 이곳에 왔고, 지금도 그렇게 하고 있다고 쏘아붙였다. 내 강경한 태도 때문이었을까, 분위기가 조금 누그러지기는 했어도 여러 차례 조사를 받기까지 한동안은 수사관들과 이런 냉랭한 말다툼을 계속해야만 했다. 두서없이 진행된 첫 조사는 조서를 확인하는 것까지 5시간 만에 끝이 났다.

이후 경찰은 내 통장 거래내역과 통화내역까지 확인했다. 성상납의 대가라고 여길 만한 큰돈이나 정당한 보수라고 말할 수 없는 돈들이 입금되었는지 확인하는 것 같았다. 경찰의 의심을 사기에는 내 통장의 잔고는 너무 형편없었고, 거래금액도 아르바이트비로 들어오는 몇 십만 원이나 푼돈이 전부였다. 통화내역 또한 연락을 주고받는 대상도 늘 동일하고 늦은 시간대에 기록도 없었고 그들이 파악하고 있는 리스트의 주요인물과의 착신과 발신도 없었다. 가족들도 모두 조사 대상이었던 것 같다. 원양어선의 선장이었던 아버지는 우수 납세자로 표창을 받은 적이 있다. 아버지가 낸 세금이 자신들의 연봉보다 더 많다는 말도 했었다. 아무튼, 그렇게 모든 조사가 끝나고 나서야 성상납을 했을지도 모른다는 의혹에서 벗어날 수 있었다.

사흘 뒤 나는 다시 경찰에서 2차 조사를 받았다. 그날은 진술과정을 녹화하기도 했다. 1차 때와 크게 다르지 않은 내용이었지만, 대표 K의 생일파티 때 있었던 성추행 사건에 좀 더 비중을 둔다는 느낌이 받았다. 그런데 나는 이 진술과정에서 혼동을 일으켰다. 대표 K는 자신의 생일 파티에 참석한 C를 신문사에 있다는 말로 두루뭉술하게 소개했었다. 그 탓에 나는 그의 이름이나 신원은 전혀 알지 못한 채 그저 신문사 대표거나 고위 간부라고만 생각했다. K가 만나는 사람들이 대부분 회장 아니면 사장 등 고위직이었기 때문이다. 경찰의 1차 조사에서 그가 언니에게 성추행을 저지른 일을 진술하면서도 그 사람의 이름이 무엇인지, 또 어디에서 무슨 일을 하는지 확실히 말하지 못하는 것이 못내 답답했다.

나는 1차 조사 뒤 집으로 돌아가 모아둔 명함을 뒤졌다. 명함들 중에 신문사와 관계가 있는 명함은 단 1장뿐이었다. 그 명함에는 ㅁ사 대표 H라고 쓰여 있었다. 나는 그 명함 속의 이름과 소속, 직위가 성추행을 저지른 사람의 것이라고 생각하고 2차 조사에서 H를 댔다. 그때까지만 해도 경찰도 구두 상으로만 조사를 했었기 때문에 내게 H의 얼굴을 확인시켜 주지는 않았다. C의 이름이 H가 아니라는 것은 경찰의 5차 조사에서야 알게 되었고, 경찰의 4차 조사까지 나는 그의 이름이 H라고만 생각했다.

내가 경찰 조사를 받고 있는 사이, 3월 17일에는 대표 K가 일본에서 국내 언론과 통화한 내용이 보도되었다. 2008년 12월 2일, 남성모델을 강제추행 한 혐의로 종로경찰서가 출석요구를 한 직후 출국해 일본에 체류 중이던 그는 성상납 문건과 관련해 법적 대응에 들어가겠다고 했다. 장자연 씨는 나를 친오빠처럼 따랐고 나도 유가족 다음으로 피해자라고 항변하면서 문건의 내용은 100% 사실과 다르며 장자연이 Y에게 놀아난 것이라고도 했다.

당시 Y는 ㄷ엔터에서 매니저로 일을 하다 나와서 별도의 회사를 차린 상태였다. ㄷ엔터에 있던 배우 두 명이 Y의 회사로 옮겼고, K는 그 중 한 명과 손해배상 청구소송을 진행 중이었다. 나머지 한 명과도 소송이 제기될 수 있는 상황인데다, 그들의 비리를 알고 있는 자신을 협박하기 위해 장자연에게 문서를 작성하게 했다는 것이 K의 주장이었다.

K는 "개인적인 일을 정리하고 곧 들어가겠다. 경찰 조사도 피할 생각이 없다. 적극 협조할 것"이라고도 했다. 경찰은 인터폴에 K의 수배를 요청했고, 며칠 뒤 K는 귀국할 의사가 없다고 다시 언론을 통해 밝혔다. 그러자 외교통상부의 여권반납 명령이 떨어졌고, 체포영장도 발부되었다. 하지만 6월 24일, K가 일본 경찰에 의해 불법체류 혐의로 체포되어 7월 3일 국내로 송환되기까지는 제법 시간이 걸렸다.

그리고 3월 18일에는 자연 언니의 유족들이 Y와 문건을 보도한 기자, 문건 관련자들을 사자명예훼손 혐의와 강요 등으로 고소했다. 성상납 강요 등 진위를 알 수 없는 내용을 유족의 뜻에 거스르며 언론에 공개해서 고인의 명예를 훼손했다는 것이었다. 언론 인터뷰에서 유족 측은 K와 Y, 두 사람 사이의 갈등으로 자연 언니가 희생양이 된 것이라며 문건의 실체 규명보다 누가 어떤 목적으로 문건을 작성하고 유출했는지에 더 큰 분노를 드러냈다.

오후에는 병원에서 퇴원한 Y의 기자회견도 있었다. 그는 다음과 같이 자신의 심경을 밝혔다.

〈기자 회견 전문〉

지금 내가 이야기하는 건 100% 내 심정이다. 그 어떤 누구도 내 판단을 맡기지 않는다.

경찰조사 중이다. 수사 중에 내가 이야기 하는 건 적절치 않다고 생각한다. 故 장자연이 자살한 지 10일이 넘었다. 그녀의 죽음을 두고 많은 사람들이 가슴 아파하고 걱정한다. 그 걱정엔 많은 뒷이야기 따른다는 걸 잘 알고 있다.

나는 故 장자연이 부당함에 싸우려다가 죽은 것이라고 생각한다. 나는 단지 그 부당함을 세상에 알리고 싶었다. 이 부당함은 연예계에서 극히 일부분인 이야기인데 연예계 전부인 냥 비춰져 연예계 종사자로서 안타깝다.

나는 그녀의 죽음이 헛되지 않기를 바랄 뿐이다. 나는 아무런 욕심이 없다. 신인 연기자 죽음을 이용할 생각도 없다. 그럴 능력은 더 더욱 없다.

특히 유가족이 나를 오해하는 것에는 내가 감당할 수 없을 정도로 가슴 아프지만 이해하려고 노력하고 있다. 오해 풀려고 노력하고 있다. 맹세코 나는 고인의 명예를 더럽힐 만한 행동을 한 적이 없다.

난 故 장자연에게 문서를 작성 강요한 적 없다. 나는 KBS를 비롯한 타 언론사에 고인이 남긴 문건을 전달한 적도 없다. 문건은 경찰 조사대로 유가족과 故 장자연 지인과 내가 보는 앞에서 모두 태웠다.

김 모 씨는 자신과 내가 4건 소송 진행 중이라 말하는데 나는 대한민국 그 누구와 법정 소송이 진행된 것이 단 한 건도 없다.

우리 소속 배우가 김 모 씨의 출연료 미지급으로 인해 횡령죄로 고소한 바 있고 김 씨가 맞고소한 것은 있다. 김 모 씨 주장에 대해 명명백백 밝히고 싶지만 경찰 조사 중이기에 내가 언급하는 건 적절치 않다. 경찰 조사가 모두 밝혀 주리라고 생각한다.

경찰 조사 끝날 때까지 언론도 추측성 보도 안 해주길 부탁드린다.

나는 故 장자연 죽음에 관련해 모든 진실이 경찰 조사 결과로 명확히 밝혀질 것이라고 생각하고, 이 생각은 이 자리에서도 변함이 없다.

여러분이 보듯이 나는 건강을 많이 잃은 상태다. 건강을 빨리 회복해 나를 믿고 응원해주는 소속사 배우와 매니저와 즐겁게 다시 일을 하고 싶다.

그러기 위해서 여기 계신 기자들이 많이 도와줬으면 한다. 경찰 조사 나올 때까지 추측성 보도 하지 않아 선의의 피해자 안 나오길 바란다.

국민 여러분께 걱정 끼쳐 고개 숙여 사과드린다. 故 장자연 죽음에 말할 수 없는 슬픔을 표한다.

누구의 말이 진실인지는 알 수 없었다. 술렁거리는 분위기 속에서 하루에도 수십 건씩 자연 언니 사건과 관련된 기사들이 쏟아져 나와 진위를 확인할 수 없을 정도였다. 한국여성민우회와 한국성폭력상담소 등 7개 여성단체들은 사건을 담당한 경기도 성남시 분당경찰서 앞에 모여 연예계 성폭력과 성상납 등에 대한 성역 없는 철저한 수사를 촉구했고, 경기경찰청장의 지시로 장자연 수사팀은 27명에서 41명으로 증원되었다.

어수선한 분위기 속에서 경찰의 3차 조사를 받았다. 이때는 주로 C의 성추행에 대해 증언했다. 수사관은 언니를 성추행한 사람을 식별하기 위해 필요하다며 42명의 사진을 보여주며 확인하라고 했지만, 나는 사진 상으로는 잘 구분이 되지 않는다고 말했다. 수사관은 생일파티가 있었던 날의 K와 나, 언니의 전화통화 내역까지 확인해가며 시간대별로 자세히 당일 행적을 맞춰나갔다. 그러다보니 7시간 동안 강도 높은 조사가 진행되었다. 마지막으로는 언니가 작성했다는 문건을 토대로 항목 하나하나마다 알고 있는 내용에 대해 진술해야 했다. 수사관이 갖고 있던 그 문건은 방송사로부터 입수한 것 같았다.

1. K 사장님은 저희 언니에게 문자로 니 동생이랑 그 약 같이 했다며 협박 문자를 보내고 저와 저희 언니를 명예훼손으로 고소하겠다며 욕을 하는 걸 핸드폰으로 녹음했습니다.

2. 제가 KBS 드라마 꽃보다 남자를 촬영할 때는 진행비를 저에게 부담시켰고 이것도 모자라 매니저 월급 및 스타일리스트 비, 미용실 비용 모든 걸 제가 부담하게 강요하여 제 자비로 충당했습니다.

3. 어떤 감독님이 태국에 골프 치러 오는데 드라마 스케줄 빼고 태국으로 와서 술 및 골프접대를 요구하였습니다. 그 요구를 제가 응하지 않자 차량도 네 돈으로 렌트해서 타고 다니라고 매니저에게 이야기를 했습니다.

4. 저는 K 사장님 회사에 계약되어 일하고부터 펜OOOO OOO 출연하고도 1500만 원 중 300만 원을 받았고 끊임없는 사장님의 지인과의 술 접대강요를 받았으며 저는 그로 인해 정신과 치료를 받고 있습니다.

5. K 대표의 접대강요 및 반복되는 욕설과 또 구타를 견뎌야 했습니다. 저뿐만 아니라 언니까지 폭언과 욕설과 협박을 당했습니다. 저는 술집 접대부와 같은 일을 하고 수없이 술 접대와 잠자리를 강요받아야 했습니다. 저는 나약하고 힘없는 신인배우입니다. 이 고통에서 벗어나고 싶습니다.

6. 2008년 9월 경 ㅈ일보 B 사장이라는 사람과 룸싸롱 접대에 저를 불러서 B 사장님이 잠자리 요구를 하게 만들었습니다. 그 후 몇 개월 후 B 사장님 아들인 스포츠OO 사장님과 술자리를 만들어 저에게 룸싸롱에서 술 접대를 시켰습니다.

7. 올○○○○ G 대표님 생일날 K 사장님이 술을 많이 드시고 저를 방 안에 가둬놓고 손과 페트병(물병)으로 머리를 수없이 때리면서 온갖 욕설로 구타를 당했습니다. 이유는 자기가 게이, 바이라는 사실을 제가 알고 있었다는 이유로 구타를 하였습니다. 그리고 밖에 사람들이 있으니까 눈물 닦고 나오라며 바로 대리운전을 불러 저에게 보냈습니다.

8. K 사장님이랑 J 감독이랑 저와 술자리를 하면서 두 분이 서로 배우 XXX 욕을 하면서 K 사장이 내가 일도 다 끊어버리고 있다고 얘기 들었습니다. 그리고 XXX가 접대를 위해 매번 그 자리에 나갔었는데 XXX보다 저를 더 이뻐하기 때문에 너를 그 자리에 부른 거라며 룸싸롱에서 저를 술 접대를 시켰습니다.

9. 2008년 10월 경 K 사장님이 배우 ○○○가 ●●●에 출연하게 됐고, K가 드라마 캐스팅에 칼을 쥐고 있다며 저를 드라마에 출연시켜 주겠다며 방에 감독님을 불러 저에게 술 접대를 강요하여 술 접대를 하였습니다.

10. ◆◆◆◆◆에서도 배우 ○○○ 출연을 미끼로 저에게 K 사장님이 너를 100% 출연 시켜줄 테니 내가 시키는 대로만 하라고 하였으며 술 접대를 수차례 강요하였습니다.

각각의 내용에 대해 나는 알고 있는 대로 성실히 대답했다.

먼저, 1에 대해서는 아는 것이 없고, 2에 대해서는 스타일리스트에게 들은 대로 K 대표가 한국에 없어 자연 언니가 지불해 경제적으로 어렵다고 했다.

3에 대해서는 K가 골프를 칠 줄 아는지 내게 물었으며, 내가 골프를 칠 줄 안다고 하자 K가 태국에 함께 가자고 했다고 말했다. 엄마와 나는 대표 K가 제안한 골프여행이 어떤 것인지도 모른 채 그저 즐거운 여행만을 상상했고, 마치 소속사가 소속 연예인에게 주는 보너스처럼 여겼다. 그렇게 여행 준비를 시작하려는 즈음, 갑자기 K가 태국에 가지 않아도 된다는 이야기를 했었는데, 언니가 태국여행을 거부하자 나에게 대신 가자고 했다가 언니가 어쩔 수 없이 태국 행을 결정하자 내게는 오지 말라고 한 것이 아니었을까, 추측했다. 만일 그곳에 내가 갔다면 어떻게 해야 했을까, 순간 많은 생각이 머릿속에 떠올랐다. 나는 태국에서 모든 비용을 언니가 부담하게 하고 K는 다른 곳으로 갔다는 말을 매니저에게서 들은 적이 있다고도 답했다.

4에 대해서는 출연료에 대해서는 모르고 언니가 우울증으로 치료를 받고 약을 먹는다는 것은 알고 있다고 했다.

5에 대해서는 처음 안 일이며 6에 대해서는 K와 가라오케에 갔는데 옆방에 있던 우리 방으로 와서 어디 회장이라고 소개를 했고, 그 사람은 노래를 할 때 일본어를 유창하게 하는 사람이었다고 대답했다.

7에 대서는 그 생일파티에 참석했었다고, 8, 9, 10에 관해서는 아는 것이 없다고 했다.

마지막으로 경찰은 다시 42명의 사진을 보여주며 함께 술자리를 했던 사람들이 누구인지 진술하라고 했다. 나는 만난 적이 있는 6명 정도를 확인해주었다.

3차 조사가 끝난 것은 새벽 3시였다. 집으로 돌아와 잠시 쉬고 다시 경찰의 4차 조사를 받기로 했다. 경찰은 그날 밤 11시가 너머 우리 집으로 찾아와 다시 조사를 시작했다. 이처럼 경찰 수사는 대부분 저녁 늦게, 혹은 한밤중에 시작해 새벽에야 끝이 났다. 그런데도 나는 단 한 번도 경찰조사를 거부한 적이 없었다. 반복되는 질문에도 하나라도 더 기억해내려고 애쓰며 최선을 다해 진술했다. 자연 언니를 위해 당연히 그래야 한다고 생각했다.

쉬운 일은 아니었다. 경찰에 가면 족히 다섯 시간 정도는 조사를 받느라 시달리고 조사가 끝나면 경찰서에서 진을 치고 있던 취재진에게 시달렸다. 조사를 끝내고 나오는 순간 카메라 플래시가 터지면서 한꺼번에 질문이 쇄도했다. 그중에는 나도 성상납을 했는지 묻는 사람도 있었다. ㄷ엔터에 소속되어 있었다는 이유만으로 온갖 추측성 말들이 날아들었다. 우선 질문을 던져보고 아님 말고 식의 언론의 취재방식에 신물이 났다. 상대가 상처를 받든 말든 상관이 없는 것 같았다.

그게 다가 아니었다. 취재진들은 어떻게 알았는지 내 핸드폰으로 밤이고 낮이고 시간을 가리지 않고 전화를 걸어댔고, 문자 메시지를 하도 보내와서 핸드폰이 뜨거울 정도였다. 핸드폰 배터리는 금세 떨어져 이동 중에도 계속 충전을 해야 했다. 잠시라도 기자들의 성화에 질려 핸드폰 전원을 꺼두었다가 다시 전원을 켜면 순식간에 기다렸다는 듯 수십 통의 문자가 밀려들었다. 쉴 새 없이 울리는 핸드폰 때문에 정말 필요한 메시지 확인도, 가족이나 지인들과의 통화도 불가능했다. 기자들을 피해 숨바꼭질을 하듯 집과 학교, 경찰서를 오갔다. 엄마와 아빠는 한국에서의 연예계 생활을 청산하고 캐나다로 돌아와 평범한 삶을 살아가길 원했다. 그래서 나중에는 그리 오랜 기간 동안 경찰 조사를 받고 있다는 말을 가족에게도 하지 못했다. 이런 사정을 알 리 없는 취재진들은 아파트 출입구까지 뚫고 들어와 우리 집 초인종을 눌러대기도 했다.

당시에 나는 케이블 TV에 방송되는 한 프로그램에 출연한 후 N 프로야구단의 신입 치어리더로 활동하고 있었다. 수백 명의 후보자들이 치열한 트레이닝과 미션 수행, 후보자들 간의 경쟁을 치르고 난 뒤 선발된 자리였다. 취재진들은 아랑곳 하지 않고 야구단까지 찾아왔었다. 그뿐만이 아니었다. 대학원 수업시간에도 몰려와 강의실 앞을 지키기도 했다. 최측근을 제외하고 대부분의 내 주변 사람들은 나와 자연 언니와의 관계를 알지 못했다. 그렇다 보니 취재진들이 찾아오는 것은 여간 곤욕스럽지 않았다. 같이 수강하는 학생들의 눈치가 보였다. 함께 공부하는 학생들은 거의가 30, 40대였다. 그렇지 않아도 어색한 학생들 사이에서 나는 따가운 시선을 감당해야 했다. 이렇다 저렇다 어떤 해명을 할 수도 없었다. 잘못 입을 뗐다가는 구설수에 오르기 십상이라 묵묵히 참아내는 편이 차라리 낫다는 생각이 들었다. 한 번은 이런 일도 있었다. 어느 날 수업을 마친 교수가 대신 취재진들에게 호통을 친 것이다.

"강의실 목전까지 쳐들어와 왜 어린 사람을 괴롭히는 것이냐. 이곳은 당신들이 취재하는 곳이 아니라 학생들이 공부하는 공간이다. 다른 학생들에게도 피해를 주고 있다는 것을 모르냐."

교수의 불호령을 듣고 나서야 취재진들은 학교에서 철수를 했다.

당시 내가 기자들과 어떤 말도 나누지 않게 된 데에는 이유가 있었다. 한 번은 기자와 얼떨결에 통화를 하게 되었는데, 내게는 동의도 없이 통화내용을 녹취했다. 그리고는 녹취한 내용을 제멋대로 편집해서 소개한 적이 있었다. 지금으로 치면 '악마의 편집'이라는 것에 단단히 피해를 입었던 것이다. 마음고생을 심하게 한 다음부터 내게 기자와 언론은 신뢰할 수 없는 존재가 되었다.

장자연. 대한민국의 국민이라면 누구나 한번쯤은 들어봤을 만큼 언니의 이름 석 자는 그 후로도 쉼 없이 많은 언론에서 언급되었다. 연예매니지먼트 사업을 법적, 제도적으로 규제하는 내용의 법률까지 입안되면서 '장자연 법'이 만들어지기도 했다. 자신의 죽음 뒤에 따라다니는 온갖 추측이 난무하는 기사들을 언니가 봤다면 어떤 심정이었을지 나는 가슴이 아팠다. 그저 조용히 모든 고통이 끝나기를 바라면서 극단적인 선택을 했을 것이라는 생각에 나는 언니 이름조차 함부로 입 밖으로 꺼낼 수 없었다. 온갖 언론매체에 언니 이름이 오르내릴수록 나는 점점 언론을 멀리할 수밖에 없었고 그렇게 몇 년간은 관심을 끊고 살았다.

요즘말로 당시 나는 신상이 털릴 대로 털린 상태였다. 집과 학교, 일터를 찾아오다 못해 SNS에 등록된 내 지인들에게까지 연락하는 경우도 있었다. 그렇게 해서 얻을 수 있는 것이 과연 무엇일지, 지인들이 나 대신 무슨 답변을 할 수 있다고 생각한 것인지, 한심하게 여겨졌다.

최근까지도 나는 종종 취재요청을 받는다. 이렇게 오랜 기간 이슈가 되는 사건이 또 있을까 하는 생각이 들 정도다. 내가 취재요청을 받아들이는 데에는 딱 한가지의 조건이 따른다. 내가 말하는 의도가 왜곡되지 않고 바르게 전달되느냐, 바로 그것이다. 기껏 인터뷰를 하고나서 막상 방송이나 기사화되는 것을 보면, 선정적인 내용과 노골적인 표현이 난무해서 그들의 취재에 응했다는 사실 자체가 창피스러웠던 적이 종종 있었다. 아무튼 경찰 수사가 끝나갈 무렵에는 몰래 이사를 했을 정도로 나는 취재진들의 레이더에 걸리지 않으려고 무척이나 조심했다.

그러던 어느 날, 국회 대정부질문에서 '장자연 문건'과 관련해 한 국회의원이 유력 신문사 사장의 실명을 사실상 거론하는 일이 생겼다. 이일은 일파만파 파란을 일으켰다. 그래서였을까, 경찰 조사가 새벽에 끝나서 경찰관이 나를 자신의 차에 태워 집까지 바래다주던 날이었다. 집으로 가는 도중 경찰관은 뒤에 있는 봉고차가 우리를 계속 따라오는 것 같다는 말을 했다. 승합차를 따돌리기 위해 차선을 변경하기도 하고 진로를 바꾸기도 했지만, 그 승합차는 용케도 우리 차를 따라붙었다. 한참을 달리다 경찰관은 아예 길가에 차를 멈추고 승합차를 세웠다. 승합차에는 그 신문사의 이름이 적혀 있었다. 왜 미행을 하냐는 경찰의 말에 차 안에 있던 사람들은 취재를 하기 위해서라고 대답했다. 그들의 말대로 취재에 대한 열정이 있었는지는 알 수 없지만, 유독 집요했던 기억이 남아 있다.

4월 14일, 경찰의 5차 조사가 있었다. 수사관은 짧은 동영상 2편을 보여주며 성추행을 저지른 사람을 찾아보라고 했다. 나는 첫 번째 동영상 속 남자라고 진술했다. 수사관은 이 사람이 H라는 것이냐며 확인했다. 나는 그렇다고 했고 수사관은 첫 번째 동영상을 다시 한 번 보여주며 재차 확인했다. 사진 등을 통해 피의자를 특정 짓는 것을 선면수사(扇面搜查)라고 한다. 나는 이 선면수사를 통해 언니에게 추행을 저질렀다고 지목한 첫 번째 동영상 속 남자의 신원이 ㅈ일보 기자 출신의 C라는 것을 알게 되었고, 두 번째 동영상 속 남자가 ㅁ사 대표 H라는 것을 알게 되었다.

잠시 후 수사관은 나를 진술 녹화실로 데려가 유리창 너머로 조사를 받고 있는 H를 보여주었다. 당연히 그 안에 있던 사람은 성추행을 저지른 사람이 아니었다. 그는 대표 K의 생일 파티에는 참석하지도 않았고, 그 언젠가 식사자리에서 한 번 만났던 사람이었다. 나는 수사관에게 H 일행과 만났던 날과 그날 나누었던 대화 내용, 함께 먹은 음식까지 진술했다. 그리고 2차 조사에서 진술한 대로 다시 한 번 C를 H라고 특정 짓게 된 경위도 설명했다. K가 생일 파티에 참석한 지인을 그저 신문사에 있다는 말로 소개했었고, 그래서 집에 모아둔 명함들 중에 신문사와 관계가 있는 명함을 찾아보니 ㅁ사 대표 H의 것이 있어서 그를 H라고 생각한 것이라고 말했다.

수사관은 신문사에 있다는 사실만으로 어떻게 피의자를 H로 지목했던 것이냐고 했다. 피의자를 잘못 특정 짓는 것은 심각한 결과를 초래하니 수사관으로서는 그렇게 말하는 것이 당연하다고 생각했다. 그러면서도 나는 처음부터 파티에 참석한 인물들의 사진을 확인시켜 주었다면 이런 일은 생기지 않앗을 것이라고 말했다. 아무튼 경찰의 5차 조사에서야 결국 성추행을 저지른 사람과 그의 이름이 제대로 맞춰지게 되었다.

5차 조사가 끝나고 며칠 뒤 경찰은 중간 수사결과를 브리핑 했다. 수사본부에 준하는 전담팀 41명을 편성해서 40일간 수 사를 벌인 다음이었다. 아직 수사가 종결된 것은 아니었지만, 재수사였음에도 결과는 실망스러웠다. 경찰이 발표한 내용은 다음과 같았다.

故 장자연 사건 중간 수사결과

■ '09. 3. 7. 신인 탤런트 장자연 씨가 자살한 이후,
① 고인의 자살동기 ② 연예계의 고질적 비리 등에 대한 국민적 의혹을 해소하기 위해 분당 경찰서장을 전담수사본부장으로 하고 지방청 형사인력까지 지원하여 수사본부에 준하는 전담팀(총 41 명)을 편성, 40일간 수사에 전념하였음.

■ 특히 연예계의 술 접대, 성상납 등 고질적 비리에 대해 집중적으로 수사했지만, 이번 사건은 피해사실을 입증할 피해자의 사망, 중요 피의자의 해외도피 등 객관적 사실 확인에 제일 중요한 두 사람이 없는 상태에서 수사해야 되는 한계가 있었을 뿐만 아니라, 관련자 들 대부분이 범죄 관련성이 확실하지 않아 통신내역 수사 등 강제

수사가 곤란해 사실관계 확인이 어려웠고, 사회활동이 활발한 수사대상자들의 경우 조사일정을 정하기에도 애로 사항이 있는 등 어려운 여건 속에서 수사를 진행해 왔음.

■ 그동안의 수사를 종합해보면, 고인이 작성한 문건 사본을 토대로 수사를 확대하면서 김 대표, 유 씨의 집과 사무실 등 27개소에 대한 압수수색을 통해 확보한 컴퓨터 · 주소록 · 회계장부 등 총 842점의 자료, 통화내역 14만여 건, 계좌 · 카드 사용내역 955건, 10개소의 CCTV 등 다양한 자료를 확보하여 수사대상자 20명을 선별하게 되었으며(기획사3, 감독7, 언론인5, 금융인4, 사업가1), 수사대상자 이외에 총 118명의 참고인 조사를 통해 각종 의혹을 밝히는 데 수사력을 집중하였음.

■ 그 결과 불구속 8명(입건 후 참고인중지 5명 포함), 기소 중지 1명 등 9명을 입건하고(기획사3, 감독2, 금융인3, 사업가1), 내사 중지 4명, 불기소 4명, 내사 종결 3명 등 총 20명의 수사대상자에 대한 수사를 완료하였음.

※ 입건 후 참고인 중지는 사실관계 확인을 통해 강요죄의 공범 혐의가 높다고 판단하여 피의자로 조사하여 입건한 상태에서 김 대표 체포 시까지 수사를 일시 중지하는 것이고, 내사 중지는 사실관계가 정확치 않고, 혐의의 정도도 낮다고 판단되어 별도로 피의자로 입건하지 않은 상태에서 중지하는 것임.

경찰은 주요 수사 대상자 20명 중 9명을 입건했다. 그 중 일본에 체류 중인 K는 접대강요 등의 혐의로 체포영장이 발부된 채 기소 중지가 내려졌고, 5명은 K를

체포할 때까지 수사를 중지하는 참고인 중지, Y는 출판물에 의한 명예훼손 혐의, 감독 1명은 접대강요 공범 및 배임수재 혐의, 금융인 1명은 강제추행 혐의로 입건했다. K와 Y를 제외하고는 단 2명의 혐의를 밝히는 데 그친 셈이다. 그리고 나머지 11명에게는 불기소, 내사 중지, 내사 종결 처분을 내렸다.

경찰이 불기소, 내사 중지, 내사 종결 처분을 내린 이유는 다음과 같았다.

내사 중지 처분을 받은 모 감독은 문건에 태국에 술과 골프 접대요구를 했다고 적혀 있는 인물이었다. 모 감독은 태국에서 골프를 친 사실은 인정하지만 '장자연 씨' 등과 만난 적은 없다고 주장했다고 한다.

모 언론사 사장은 경찰이 휴대전화 기지국 등을 통해 통화내역을 조사했지만 당시 고인이 술자리에 있었는지 모른다고 주장해 역시 내사 중지 됐다.

"XXX보다 나를 더 예뻐하기 때문에 날 불렀다."고 문건에 적시된 또 다른 감독은 고인과 통화한 적이 없다고 주장해 K

가 한국에 올 때까지 내사 중지 처분을 받았다.

드라마에 출연시켜 주겠다며 술 접대를 받은 혐의를 받는 또 한 명의 감독은 다른 탤런트를 캐스팅하러 갔다가 술자리에 동석한 적은 있지만 술 접대를 강요한 적은 없다고 주장해 역시 내사 중지됐다.

또 다른 감독도 내사 종결됐다. 문건에 "모 드라마 감독이 다른 탤런트의 드라마 출연을 미끼로 '너도 출연시켜 줄 테니 술 접대를 하라'고 강요했다."고 언급됐지만 이름이 명시되지 않았고, 통화내역이 없는 점 등을 미뤄볼 때 강요행위로 보기 어렵다고 설명했다.

'장자연 리스트'를 보도한 기자들도 모두 내사 중지 또는 내사 종결했다.

경찰은 언니의 자살 경위에 대해서는 소속사 대표 K의 술 접대와 성 접대, 골프 접대강요를 언니가 거부해 갈등이 심해진 상황에서 ㅎ엔터 대표 Y의 강요에 의해 작성한 문건으로 치명적 타격을 입을 수 있다는 우려와 추후 대표 K의 보복이 있을 것이라는 심리적 압박, 갑작스런 출연중단으로 인한 우울증 등이 복합적으로 작용한 것이라고 밝혔다.

'장자연 문건'에 대해서는 "2장은 장 씨의 술 접대, 잠자리

강요, 폭행, 협박 등 본인의 사례이고, 나머지 2장은 같은 소속사 연예인 2명의 사례"라며, "Y가 본인 소속사 연예인들이 대표 K와 소송 중인 점에 착안, 이를 도우려고 장자연이 문건을 작성토록 유도한 뒤 장자연이 자살하자 문건을 유출했다."고 발표했다.

수사 초기만 해도 60여 명의 참고인 조사와 13만여 건의 휴대전화 통화내역 분석, 접대 업소 7곳의 1년 치 매출전표 조사, 대표 K가 갖고 있던 개인카드, 법인카드 8장의 1년 치 사용내역 조사 등 광범위한 주변 조사로 기대감을 갖게 했지만, 결과는 그렇지 못했다.

문건 작성을 기획한 Y의 배후에 연예계의 실력자가 있을 것이라는 추측과 Y의 기획사 소속 여배우가 언니가 자살하기 전에 이미 문건의 존재를 드라마 PD에게 알렸다는 확인된 사실에 대해서도 경찰은 별다른 답을 내놓지 못했다. 또, 유족들이 제기한 원본이 따로 존재하고 있을 가능성에 대한 수사도 흐지부지 종결했다. 경찰은 언니의 자살동기와 연관이 있을 것으로 보이는 이러한 의문점을 풀지 못한 채 자살동기를 소속사 대표 K와의 불편한 관계, 드라마 촬영의 돌발적 중단, 개인적인 경제적 어려움, 지병인 우울증 등의 원인으로 돌렸던 것이다.

　휴대전화를 끈 채 잠적한 K가 당장 검거되더라도 일본 법원의 인도심사 등 절차를 거쳐 그의 신병이 한국에 넘어오려면 적어도 3개월은 걸리는 상황이었다. 경찰은 그때야 수사를 재개할 수 있다고 했다. 연예계의 어두운 단면을 파헤치기 위해 지휘고하를 막론하고 철저히 수사하겠던 경찰은 변죽만 울린 셈이 됐고, 중간 수사 발표를 기점으로 4월 중순경, 나에 대한 참고인 조사도 사실상 중단되었다.

K의 송환과 대질

2009년 6월 24일 일본에 불법체류 중이던 K가 현지 경찰에 체포됐다는 소식이 전해졌다. 나는 K가 일본의 호텔에서 구속된 다음날, 조사가 중단된 지 두 달 만에 다시 경찰에 나가 참고인 조사를 받았다. 6차 조사였다.

6차 조사에서는 K와의 계약관계와 술자리에 불려나갔을 때의 상황, C의 성추행 사건에 대해 다시 진술해야 했다. 조사가 마무리될 쯤 경찰은 K가 일본에서 검거된 것을 아느냐고 물었다. 나는 경찰에서 연락을 받았고, 뉴스에서도 봤다고 대답했다. 경찰은 K가 검거되어 국내로 들어와 조사를 받을 것이라고 했다. 그러면서 내가 술자리에 참석한 것이 자의가 아니라 소속사 대표의 지시에 따른 것으로, 계약관계에 따라 어쩔 수 없이 참석했다는 사실에 대해 K와 대질조사가 필요하다며 참석하겠는지 물었다. 나는 K와 만나는 것이 전혀 두렵지 않고, 내 진술에 책임을 지기 위해서라도 K와 만나겠다고 했다. 또한 경찰은 C가 언니를 추행한 사실이 없다고 주장하고 있으니, C와의 대질 조사에도 응할 것인지 물었다. 나는 내 눈으로 직접 목격했는데 왜 C는 그런 사실이 없다고 하는지 모르겠다, 언제든지 일정을 잡아 연락을 주면 참석하겠다고 했다.

그리고 열흘 후인 7월 3일, K가 우리나라로 강제 송환됐다. 언니가 자살한 지 4개월만의 일이었다.

뉴스를 보니 공항에 도착한 K가 짙은 선글라스와 마스크로 얼굴을 가리고 고개를 숙인 채 기자들의 질문 공세에 묵묵부답으로 공항을 빠져나오고 있었다. 그간 보아왔던 내 기억 속의 K와는 사뭇 다른 모습이 화면 속에 고스란히 담겨져 있었고, 그런 그의 모습이 무척 낯설게 느껴졌다. 항상 당당하던 모습 대신 모자를 푹 눌러쓰고 야윈 그의 모습을 보며 K도 조금은 마음고생을 한 것 같다는 생각이 들었다. 그렇다면 그가 언니의 죽음과 관련된 진실을 이야기 하지 않을까 하는 일말의 기대감도 생겼다. 아니, 의당 그라면 반드시 진실을 밝혀야

한다고 생각했다. 경찰은 우선 K에 대한 조사를 마친 뒤 진술 내용에 따라 입건된 9명과 내사 중지 상태의 4명, 모두 13명에 대한 수사를 재개하겠다고 밝혔다.

K의 경찰조사가 시작된 후 5일이 지나 K는 나와 대질 신문을 받게 되었다.

나는 진술 녹화실로 들어갔다. 피의자 K가 있었다. 그의 옆 자리에 앉았다. 한때는 내가 소속해있던 기획사의 대표와 '피의자와 참고인' 관계로 만나게 된 것이었다. 두렵지는 않았지만, 긴장이 됐고, 마음이 불편했다. 나는 그 자리에서 그와 계약을 하게 된 경위와 계약을 해지하기까지의 과정을 이야기했다.

계약기간 동안 방송활동의 기회는 단 한 번도 없었고, K의 부름에 식사자리, 술자리에 나가야 했던 일에 대해서도 말했다. 방송관계자를 소개한다기에 나갔지만, 실제 그들과 방송을 하게 된 적은 한 번도 없었다고 덧붙였다. 그 때문에 친구들로부터 저녁에는 술집에 나간다고 오해를 받은 일도 진술했다. 순간 눈물이 났다. 책상 위에 놓인 물을 마시며 마음을 다잡았다.

다음 질문은 K의 폭력에 관해 진술하라는 것이었다. 나는 모델 친구를 소개하는 자리에서 폭력을 휘두른 K의 행각과 누군가를 주먹으로 얼굴을 때리고 발로 걸어찬 일, 그리고 주차 싸움이 벌어져 찾아온 50대 아주머니에게 욕을 하며 신발을 집어 던진 일 등 직접 목격한 일에 대해 설명했다. 그리고 K에게 맞아 팔이 부러졌다는 스타일리스트의 이야기도 했다. 사무실 직원 중 K에게 폭력을 당하지 않은 사람이 거의 없을 것이라는 말도 덧붙였다. 나는 겁 없이 K 앞에서 그의 폭력성에 대해 진술했다.

그리고 위약금 1억 원이라는 계약조건이 나나 자연 언니에게 얼마나 많은 부담을 주었는지, 그래서 대표의 부름을 쉽게 거절할 수 없었다는 것을 설명했다. 경찰은 K에 대해 처벌을 원하는지 물었다. 나는 계약 위반으로 피해를 입지 않기 위해 내키지 않는 술자리에 나가서 아버지보다 나이 많은 사람들 앞에서 노래를 부르고 춤을 추게 한 것은 K의 잘못이라고 답했다. 그렇게 K와의 대질 조사가 끝이 났다.

같은 날에 C와의 대질 조사도 예정되어 있었다.

지난 4월, C의 강제추행 피의사건 때문에 나는 경찰에서 최면수사를 받은 적도 있었다. 최면을 이용하는 범죄수사 기법을 '법최면'이라고도 하는데, 물리적 단서가 없고 사람의 기억

같은 인적 증거에 의존할 수밖에 없는 사건에 주로 쓰인다고 했다. 그 중에서도 특히 시간이 경과했거나 다른 이유가 있어서 범행을 목격한 사람이 그 당시의 상황을 명확하게 기억하지 못하는 경우, 잠재의식 속에 있는 기억을 이끌어내 왜곡된 부분이나 사라진 부분, 분명하지 못한 부분 등을 찾아내는 것이라고 했다.

최면수사를 통한 진술은 법적 효력이 없지만, 수사의 새로운 단서를 찾아낼 수도 있다는 말에 나는 도움이 된다면 기꺼이 받겠다고 했다. 다만, 나는 의심도 많고 해서 최면이 잘 안 될 거라고 말했다. 최면 조사관이 들어와 내게 최면을 유도했지만, 난 쉽게 최면에 걸리지 않았다. 한 번 더 최면유도에 실패하고 나서 세 번 만에 최면수사를 시작할 수 있었다.

서너 시간 후, C와의 대질조사 시간이 다가와 조사실로 가기 위해 엘리베이터를 탔다. 그 안에 C도 있었다. 경찰이 조사에 협조하는 참고인의 방문 시간이나 동선을 피의자와 분리해서 서로 마주치지 않도록 배려할 수는 없었는지, 여러 모로 마음이 편치 않았다.

조사에는 C의 변호사가 함께 입회했다. 수사관은 내게 C를 알고 있는지 물었다. 나는 K의 생일날 처음 소속사 사무실 3

층 VIP실에 갔을 때 소개를 받았다고 했다. 질문은 C에게로 넘어갔다. C는 나를 본 적이 없으며 대질조사에서 처음 봤다고 대답했다. 다시 내게 C가 왜 그렇게 진술한다고 생각하는지 물었다. 나는 내 인상이 사나워서 기억이 날 텐데 왜 기억이 나지 않는다고 하는지, 그날 내 앞에 앉아 있어서 나와 여러 차례 눈이 마주친 적도 있다고 답했다. 그리고 자연 언니에게 범한 추행을 숨기기 위한 것으로 밖에는 생각되지 않는다고도 했다.

당시 상황을 묻는 수사관에게 C는 자연 언니가 테이블에서 춤을 추었고, 내려올 때는 K가 부축을 했다고 말했다. 나는 그게 아니라, C가 춤을 추던 언니의 손목을 잡아당겼고, 무릎에 앉힌 것을 분명히 목격했다고 말했다. 이때 C가 나를 비웃는 듯한 태도를 보였다. 나는 "웃기냐? 어이가 없다."고 당돌하게 말했다. 내 반응에 C는 특별히 어떤 말을 한 것 같지는 않다. 두어 시간 남짓, 나와 C는 전혀 다른 이야기로 공방을 이어갔다. 나는 내 기억을 모두 동원해 C의 강제추행을 진술했고, 함께 있던 K나 B도 말리지 않았던 것으로 봐서 고위층에 있는 사람이라고 생각했었다는 말도 했다.

경찰이 다시 C의 추행 사실을 반복해 물었다.

"C가 장자연을 잡아당겨 무릎에 앉힌 다음에 장자연을 추행하는 것을 목격했다는 말인가요?"

나는 참았던 눈물이 터져 나왔다. 울음이 나서 고개만 끄덕거렸다. 경찰이 왜 우는지 물었다. 나는 아무것도 아니라고 대답했다. 언니가 죽었는데도 일말의 반성조차 하지 않는 C에 대한 분노였을까. 그 술자리에 함께 있었던 남자들 모두가 한편이고 내 편은 한 사람도 없다는 생각이 들어서였을까……. 아니면 그들이 나를 거짓말쟁이로 모는 것이 억울해서였을까. 나는 계속 울면서 연신 휴지로 눈물을 닦아가며 진술을 계속했다.

그날은 경찰서에 도착했을 때부터 마음이 편치 않았다. 한 취재진이 내게 당신도 잠자리를 했느냐고 물었기 때문이다. 나는 내가 왜 이곳까지 와서 이런 일을 겪어야 하는지 분노가 치밀었다. 그날은 그랬다. 울다가 화가 나다가, 그리고 자연 언니가 유난히 생각나는 날이었다.

그리고 7월 10일, ㄷ엔터 대표 K가 한국으로 송환되어 집중 수사를 받은 지 일주일 만에 경찰은 '최종 수사결과'를 발표했다. 수사 대상자 20명 중 7명을 사법처리하는 선에서 수사가 매듭지어졌다. 사건의 핵심 인물인 소속사 대표 K는 강요, 폭행, 협박, 업무상횡령, 도주 혐의로, ㅎ엔터 Y는 명예훼손과 모욕으로 구속되었다. 그리고 감독 1명은 배임수재, 감독, 금융인, 기획사 대표 3명은 강요죄 공범, 다른 1명은 강제추행으로 불구속, 나머지 13명에 대해서는 불기소와 내사 종결 처분이 내려졌다. 구속이 예상됐던 K와 Y 두 사람을 제외하고는 K의 검거 이전보다 사법처리의 폭은 오히려 좁혀져 있었고 유력 인사에 대한 수사는 변죽만 울리다 접은 셈이 되어 있었다.

경찰의 최종 수사결과 발표는 당사자의 사망 등 직접 증거를 확보하기 어려운 사건이라는 것과 수사의 태생적 한계 때문에 힘이 들었다는 말로 시작되었다.

고인의 문건은 Y가 본인의 소속사 연예인들이 K 대표와 소송 중인 점에 착안, 소송을 돕겠다며 고인에게 작성토록 유도한 것으로 확인됐으나 사전 유출은 확인하지 못했다면서, 문건을 유포한 Y에 대해서는 출판물에 의한 명예훼손 혐의 외에 K에게 '공공의 적'이란 표현으로 모욕을 준 혐의를 추가해 사전구속영장을 신청했다고 말했다.

K에게는 술 접대를 강요한 혐의를 추가했을 뿐, 문건에 한 번 등장하는 '잠자리 강요'에 대해서는 성 접대의 은밀성 때문에 목격자가 없어 입증이 힘들었다고 설명했다. 이렇게 K의

조사를 통해 다른 정황이나 혐의가 드러나지 않아, 내사 중지된 자들 역시 조사할 필요가 없었다고 덧붙였다. 또, 모 감독에 대한 술 접대 자리는 고인이 강요를 받았다 하더라도 강요라고 생각하지 않았을 수 있다고 봤다면서, "술자리가 오히려 오디션을 볼 기회를 많이 주는 행위로, 잘했다고 생각한다."라고 했다는 K의 진술 내용까지 전하면서 설명했다. 성 접대라면 거절했겠지만 술자리는 고인도 싫어하지 않았을 것이라는 것이다.

유독 술에 대해서는 너그러운 사회 분위기 때문이었을까. '술자리=오디션'이라는 K의 매니지먼트 철학을 경찰도 100% 신뢰하고 이해한 탓일까. 이로써 유족에 의해 고소되었던 일부 사람들마저 불기소 처분으로 사법처리 대상에서 제외되었고, 내사 종결로 혐의를 벗겨준 셈이 되었다.

자살 동기에 대해서는 대표 K와의 갈등 심화, 자신의 치부가 드러난 문건으로 K의 보복이 뒤따를 것에 대한 심리적 압박, 갑작스런 출연 중단으로 인한 우울증 등 여러 요인들이 복합적으로 작용한 것 같다고 꼽았다. 중간 수사결과를 발표할 때와 몇 글자만 달라졌을 뿐, 전혀 새로울 것 없는, 제대로 수사를 진행한 것인지조차 의심스러운 결과였다. 게다가 K를 구속한 상태에서 수사할 수 있는 기간도 다 채우지 않은 채 서둘러 사건을 종결 처리하는 것이 유력인사에게 면죄부를 주기 위한 것이 아니냐는 비난도 터져 나왔다. 이렇게 경찰은 '장자연 사건'의 실체를 규명할 두 번째 기회마저 놓치고 있었다.

경찰은 '故 장자연 사건' 수사를 종결 처리하고 검찰에 송치했다. 그 후 나는 검찰에서 두 번에 걸쳐 조사를 받았다. 강요방조로 불구속 기소된 B의 대질신문에 참고인으로 출석했고, 강제추행으로 불구속 기소된 C와 관련해서는 대질 신문도 없이 나 혼자 조사를 받은 것이 전부였다.

7월 15일, 수원 지방 검찰청 성남지청 별관에 도착했다. 그날은 K의 지인이며 모 회사 대표였던 B의 강요방조 피의사건에 참고인 진술을 하기로 되어 있었다. 대질신문을 위해 검사실로 들어가 B 대표 옆에 동석했다. 나는 검사 앞에서 B 대표와 만나게 된 경위부터 그간의 술자리에 대해 진술했다. 조사 말미에는 이 사건과는 별개로 K가 폭행한 모델 W에 대한 것도 진술했다. 8시간 가까이 조사를 받고 나니 밤 10시가 가까웠다. 검찰 수사도 경찰 수사와 크게 다르지 않아서 경찰 수사를 반복하는 수준 정도로 느껴졌다.

열흘 뒤, 다시 나는 C의 강제추행 사건에 관해 조사를 받았다. ㄷ엔터 VIP실에서 있었던 생일파티부터 2차 가라오케에서의 일까지 차근차근 이야기를 해나갔다. 나는 검사에게 현장의 자리 배치를 펜으로 그려서 보여주며 열심히 설명했다. 경찰에서의 최면수사까지 합치면 정확히 열 번째 진술이었다.

검사는 내가 ㅁ사 H 대표에서 ㅈ일보의 C로 피의자의 이름을 바꾼 경위에 대해 집중적으로 물었다. 나는 경찰 수사를 받을 당시의 상황을 설명했다. 피의자 확인과정에서 경찰은 C와 H의 동영상을 보여주었고 나는 C를 지목하며 "이 사람이 맞다."고 했었다. 그러자 경찰은 진술조사실 유리창 너머로 내가 진술했던 H의 모습을 다시 보여주었다. 확실히 내가 기억하고 있던 피의자의 얼굴이 아니었다. 나는 "자연 언니를 성추행한 사람은 이 사람이 아니다."라고 말했다고 검사에게 경위를 설명했다.

검찰은 그렇다면 처음 H의 이름을 댔던 이유에 대해 물었다. 나는 갖고 있던 명함 중 신문사와 관련된 것은 유일하게 H의 명함이었고, 피의자가 신문, 언론 분야에서 일을 한다고 들었던 기억이 나서 C의 이름을 H라고 생각했다고 설명했다. 검사는 내가 경찰 수사 때 피의자의 키에 대해 진술했던 부분에 대해서도 물었다. 내가 처음에는 피의자의 키가 168cm라고 했는데, 실제 C의 키와는 다르고 '심지어는' 최면 상태에서조차 나보다 키가 작다고 했다는 것이었다. 나는 C와 함께 서있거나 걸어보지 않아 별로 관심이 없었다고 했다.

검사는 나에게 그날 무슨 신발을 신었는지 물었고 나는 흰 구두에 인조보석이 박힌 7cm 굽의 힐을 신었다고 했다. 그러자 최면수사에서는 굽이 높지 않은 단화를 신었다고 말했다면서 C가 신었던 신발을 기억하냐고도 했다. 그냥 구두이지 않았겠냐 하니, 역시 최면수사에서는 검은색 구두라고 답했던 것을 기억하냐고 하면서 테이블이 있어서 잘 볼 수 없었을 텐데 왜 그렇게 진술했는지 물었다.

나는 최면진술에서 말한 것이 기억나지 않았다. 최면진술은 새로운 수사 단서를 찾기 위해서, 혹은 보강 증거를 찾기 위한 수사 방식이라고 들었다. 최면 상태에서 목격자가 진술한 내용은 참고 자료만 될 뿐, 증거 능력은 인정되지 않는다고 알고 있었는데도 검사는 내가 기억하지 못하는 최면 진술에 과하게 의존하고 있다는 느낌이 들었다. 다시 검사는 혹시 수사를 하던 경찰이 생일파티에 참석한 사람 중 H는 없었고, C가 있었다는 말을 해서 C를 '범인'으로 지목한 것은 아니냐고 했다. 나는 아니라고 명확하게 답했다. 나는 이름이 아니라 성추행을 저지른 자의 얼굴을 명확히 기억하고 있었다. 다만 그 사람의 이름이 H였는지, C였는지 몰랐을 뿐이었다.

검사는 C의 키는 177cm로, 처음 내가 진술한 168cm와는 9cm나 차이가 나는 것에 대해서는 어떻게 생각하느냐고 물었다. 나는 평소 하이힐을 자주 신었고, 키 173cm에 하이힐의 높이까지 합치면 180cm가 넘어서 웬만한 남자는 모두 작아 보인다고 답했다. 평소 모델들이나 연예계에 종사하는 친구들과 어울리다보니 웬만한 여자나 남자는 키가 크다는 생각이 들지 않았던 것이 사실이다. 특히나 남자들은 거의 190cm를 넘거나 육박해서 160대나 170대의 구분이 내게는 특별하지 않았다. 그냥 내게는 '나보다 작은 사람'이라는 느낌이 전부였다. 검사는 그렇다면 내가 추행한 사람의 키를 잘못 진술했던 것인지 재차 확인했다.

나는 그만 짜증이 났다. 피의자를 특정 짓는 데 신체 특징은 물론 중요하다. 하지만 그 정도로 설명했다면 충분하다는 생각이 들었다. "알게 뭐에요, 크던 작던."이라고 대답해 버렸다. 나는 누군가의 인상착의를 다른 사람에 비해 정확히 기억하는 편이지만, 그에 비해 이름은 잘 기억하지 못한다. 지금도 마찬가지다.

검사는 내가 다른 사람과 C를 헷갈리거나, 아니면 다른 술자리의 일을 착각하는 것은 아닌지 물었다. 나는 그렇다면 성추행 부분을 제외하고는 C와 내가 진술한 모든 정황이 왜 동일한 것이냐고 반문했다. 검사는 C의 키는 177cm 이상에 80kg 정도의 체격인데, H의 키는 그보다 작았기 때문에 처음에는 그가 추행을 저질렀다고 진술한 것이 아닌지 물었다. 나는 대답도 하지 않고 고개만 흔들었다. 그러자 검사는 경찰에서 내가 진술했던 사람의 인상착의를 보면 C보다는 H에 가까우며, 내가 H를 '진짜 범인'으로 생각한 것으로 보인다는 말을 했다.

나는 고개를 흔들며 "아니요."라고만 답했다. 검사는 내게 다시 질문했다. 내가 H를 범인으로 지목하다가 그가 2차 생일파티에 참석하지 않았던 것을 알고 기존에 해왔던 진술을 유지해야 한다는 부담감 때문에 사실과는 다른 진술을 한 것은 아니냐고 했다. 나는 다시 "아니요."라고 짧게 답했다.

피의자를 특정하는 것에는 물론 신중함이 필요하다. 확인할 수 있는 만큼 확인하고 또 확인해야 하는 것이 당연하다고 생각한다. 하지만 나는 경찰이 보여준 사람들 중에서 이름이나 신원, 그리고 생일파티 참석 여부에 대해 어떠한 언질도 받지 않았고, 오로지 내 기억 속에 있는 범인의 얼굴을 떠올리며 C를 지목했던 것이다.

경찰 수사에서는 수사관이 사진 몇 장을 보여주며 그 안에서 성추행을 저지른 사람을 지목하라고 했기에 비슷한 인상착의를 찾은 것일 뿐, C를 본 이후에는 일관되게 C를 지목했었다.

당시의 수사는 어린 내가 보기에도 부실하기 짝이 없었다. 내가 거짓 증언을 해야 할 이유는 전혀 없었다. 사건과 관련된 모든 조사는 개인적으로는 내게 얻는 것보다 잃을 것이 더 많은 일이었다. 더 할 말이 있냐는 검사의 마지막 질문에 나는 "처벌을 받아야 하는 사람이 있다면 법적으로 합당한 처벌을 받게 되었으면 좋겠습니다."라고 했다. 그 생각은 지금도 일체의 변함이 없다. 그날 나는 한 점의 후회도 남기지 않기 위해 최선을 다했다. 하지만 경찰에 이어 검찰 측의 수사도 뭔가 석연치 않다는 생각이 들어서였을까, 나는 그 말을 꼭 하고 싶었다.

검찰 조사는 경찰에서 했던 내 진술을 1시간 가량 더 확인하고 나서야 완전히 끝이 났다. 상식적으로 나는 검찰에서도 이후에 C와의 대질신문 정도는 다시 진행할 것이라고 생각했다. 하지만 더 이상의 조사는 없었다.

2018년 언니의 사건이 다시 수면 위로 올라오면서 한 시사 프로그램에서는 C의 부인이 사건 당시에도 검찰에 재직 중이어서 수사에 어려움이 있었다는 관계자의 인터뷰를 보도했다. 그 검사가 사건 수사에 개입했다는 의혹도 제기하면서 경찰과 검찰 수사결과가 극명하게 엇갈린 사건이라고 회상했다. 10여 년 전 내가 만났던 검사의 얼굴이 떠올랐다.

그로부터 한 달이 조금 안됐을 무렵인 8월 19일, 검찰에서 수사결과를 발표했다. 한 달의 수사기간 동안 단 한 번의 브리핑도 하지 않고 쉬쉬하다가 날치기처럼 수사결과를 통보한다는 비난 속에 시작된 검찰의 발표는 참담했다. 술자리 접대 등 강요죄 공범 혐의를 받던 수사대상자 전원이 증거 부족으로 모두 무혐의 처분이 났다.

검찰은 이에 대해 "강요죄 등 실체와 다소 거리가 있다고 보이는 죄명이 선택된 것은 경찰이 사건에 대한 국민적 관심도, 고인에 대한 동정 여론을 감안해 적극적으로 수사했기 때문으로 평가된다."고 했다. 한마디로, 경찰의 오버 액션이었다는 것이다. 검찰은 소속사 대표 K와 Y, 두 사람만 기소했다. 그것도 폭행, 협박, 강요, 횡령, 도주 등의 혐의를 받던 소속사 대표 K는 폭행과 협박 혐의만이 적용되었고, 더군다나 소속사 대표 K는 검찰의 수사 발표가 있기 전인 7월 24일 석방된 상태였다. 체포영장이 발부되어 일본 경찰에 체포되어 한국으로 송환된 지 21일 만의 일이었다.

성남지방법원은 폭행, 협박, 강요, 횡령, 도주 등의 혐의로 구속된 K가 증거 인멸의 우려가 없는 것으로 판단하고, 피의자의 방어권을 보장하기 위해 출석 보증금 2억 원을 납입하는 조건으로 구속적부심사에서 석방을 결정했다. 검찰은 또 유족이 고소한 성매매 알선의 경우는 모호한 문건 외에 일체의 증거가 없어 무혐의 처분을 내렸다고 밝혔다. 이를 두고 검찰이 K의 비호세력이 아닌 이상, 외압이 있었을 것이라는 합리적 추론이 가능한 대목이라고 사람들은 말했다. 검찰은 피해당사자가 사망했고 유일한 수사 자료인 '장자연 문건'이 일시, 장소조차 없이 추상적 문구로 작성되어 있어 구체적 피해의 정황이 파악되지 않았다며 당사자들의 기억이 흐려지고 객관적 자료도 대부분 멸실 됐다고 뻔한 소리를 늘어놓았다.

한마디로 검찰의 수사결과는 '피해자는 사망했고, 피의자는 부인한다.'라는 소리였다. 실소가 절로 터져 나오는, 코미디보다 후진 엔딩이었다. Y에게는 문건 공표로 인한 사자명예훼손이 아닌, 대표 K에 대한 명예훼손 혐의가 적용되었다. K를 가리켜 '공공의 적' '처벌받아야 할 사람'이라고 지칭한 말 한마디가 부른 결과였다. 이 때문에 혐의자들은 풀려나고 사건의 제보자는 기소되었다며 다소 황당하다는 반응과 Y에 대한 동정여론이 일기도 했다. 물론 강제추행 혐의로 송치된 C도 '혐의 없음'으로 결론이 났다. 경찰의 수사보다도 더 형편없는 검찰 수사결과였다.

하다못해 언니가 왜 그런 문서를 작성했던 것인지 그 이유조차 밝혀내지 못한 것에 나는 그 무엇보다 분노했다. 따지고 보면 분명 언니의 문건은 법적으로 위력을 발휘하기에 충분한 것이었다. 누군가를 흔들고 대적하기 위한 아킬레스건, 그것을 쥐고 있어야만 했던 또 다른 사람은 누구였는지, 정작 언니 죽음의 핵심은 건드리지도 않고 끝이 났다.

언니는 죽음으로, 결국에는 자신의 목숨과 맞바꿔야 했던 '글'로 이 사건을 고발했다. 전 국민은 공분했고, 철저한 수사를 요구하며 여론은 들끓었다. '성상납'이라는 엄청난 사건은 기껏 '폭행 및 명예훼손' 사건이 되어 버렸다. 소위 대한민국 최고 엘리트 집단이라는 검찰의 '수사의지'는 어디에서도 찾아볼 수 없었고, 피의자들이었던 유력인사들은 검찰 덕분에 명예를 회복했다. 최고 권력자들이 연루된 '외압'이라는 어둠고 무거운 그림자 속에 피해자인 자연 언니만이 남겨졌다는 생각이 들었다.

이듬해인 2010년 11월 1심 재판부인 수원지법 성남지원에서는 K와 Y에게 징역 1년에 집행유예 2년을 선고하고 160시간씩의 사회봉사명령을 내렸다. 징역 1년을 구형한 검찰과 피고인들 양측 모두 항소했다. 1년 뒤인 2011년 11월에 열린 항소심에서 K는 폭행 혐의만 유죄로 인정되어 징역 4월에 집행유예 1년을 선고 받았고, K의 명예를 훼손한 혐의로 기소된 Y에게는 모욕죄로 징역 1년에 집행유예 2년, 사회봉사 160시간이라는 선고가 내려졌다.

이렇게라도 관련자 처벌이 끝나고 나자 그 다음에는 또 다른 법정 공방이 시작되었다. ㄷ엔터는 Y로 이적한 배우를 상대로 전속계약 위반에 따른 3억 원의 손해배상 청구소송을 냈다. 그러자 그 배우는 K와 기자 2명 등을 한데 묶어 위자료 10억 원을 청구했다. 손배소를 제기한 이후에도 피의자들이 방송 등을 통해 허위사실을 지속적으로 유포한다며 다시 명예훼손 혐의로 형사 고소했다. ㄷ엔터는 Y와 두 명의 배우가 '장자연 문건'을 작성하게 하여 재산 손해 및 정신적 피해를 입혔다며 각 5억 원씩, 15억 원을 청구했고, 특히 한 배우에게는 재판 진행 중 언론사에 허위사실을 보도 자료로 제공했다며 추가로 5억 원을 더 청구했다. 이들의 법정 싸움은 '맞고소'라는 정면대결로 치달으며 손배소를 거듭해 양측의 소송 총액만 33억 원에 달했다.

그들은 어떤 소송에서는 원고가 되고 또 어떤 소송에서는 피고가 되기도 하면서, 승소를 하기도 하고 또 패소했다는 보도가 이어졌지만, 나는 더 이상 관심을 두지 않았다.

한편 자연 언니의 유족들은 소속사 대표 K를 상대로 1억 6천만 원의 손해배상 소송을 제기했다. 1심 재판부는 K가 유족에게 700만 원을 배상해야 한다고 판결했다. 제출된 증거만으로는 술 접대와 성상납 등이 이뤄졌다는 주장을 인정하기 부족하고, K의 폭행과 자살 사이에 인과관계가 있다고 보기 어렵다며 장례비와 위자료 청구는 받아들여지지 않았다. 폭행에 따른 위자료만 인정한 '일부 승소'였다. 하지만 4년 후, 2심 재판부의 해석은 달랐다. 접대강요까지 인정해 1심에 비해 크게 늘어난 2천 4백만 원을 배상하라는 판결이 내려졌다. 재판부는 비록 형사사건에서는 술 접대강요나 협박이 증거부족으로 인정되지 않았지만, 술자리 참석 등이 고인의 자유로운 의사로만 이뤄진 것으로는 보기 어렵다고 했다.

또, 다수의 연예계 인사들이 참석한 모임에서 K가 고인에게 욕설을 하고 폭행을 했다며 여배우로서 심한 굴욕감을 느꼈던 것으로 보인다고도 했다. 재판부는 K가 고인을 보호할 위치에 있었음에도 우월적 지위를 이용해 함부로 대했다며 K의 폭행이나 부당한 대우가 자살과 아무런 관련이 없다고 보기 어렵다는 것이 위자료 증액의 이유라고 밝혔다. 배상액의 문제가 아니었다. 자살을 하기까지 언니가 겪었던 부당한 대우를 재판부가 처음 인정했다는 것이 그저 반갑기만 했다.

동료배우 윤 모 씨

나는 참고인 조사를 받으면서도 일과 공부를 계속했다. 2009년 5월부터 그해 연말까지 방송됐던 MBC 드라마 〈선덕여왕〉과 엄마와 딸의 이야기를 그린 영화 〈애자〉에도 단역으로 출연했다. 배우 지망생이나 단역 연기자들이 모여 있는 인터넷 카페를 통해 용케도 오디션 정보를 얻어 열심히 일거리를 찾아다녔다. 그렇게 찾아낸 역할들은 출연자로 이름을 올리기도 어려운 단역에 불과했지만 여전히 연기와 방송출연에 대한 갈증이 있었기에 열심히 일했다. 그러면서 한편으로는 다시 소속사를 찾아야 하는지 고민하기도 했다.

다행히 케이블 TV의 방송을 통해 시작했던 치어리더를 계

속하고 있었다. 게다가 야구시즌이 끝나면 배구와 농구 시즌
으로 이어져 1년 내내 치어리더로 일할 수 있었다. 나와 함께
일하는 사람들 중에는 치어리더를 연예계 진출을 위한 교두
보로 생각하는 사람들도 많았다. 나 역시 마찬가지였다. 오랜
기간 치어리더로 남아있겠다는 생각은 하지 않았다.

어느 날인가 치어리더 에이전시를 찾았을 때였다. 그곳까지
자연 언니의 사건을 취재하기 위해 기자들이 몇 차례나 몰려
왔던 탓에 내가 ㄷ엔터 소속이었으며 자연 언니와 친분이 있
었다는 것이 이미 알려진 상황이었다. 그 사무실에 있던 한 관
계자가 나를 보더니 이야기를 좀 하자며 불렀다. 그는 나에게
한 지상파 TV의 아침 토크쇼에 나가지 않겠냐는 말을 꺼냈다.
방송에서 언니와의 관계나 그간 겪었던 일들을 이야기하라는
것이었다.

30년 가까이 방송되고 있는, 대한민국 국민이라면 누구나
아는 프로그램이었다. 그 프로그램에 출연만 하면 대번에 이
름을 알려 유명해질 수 있을 것이라고 했다. 물론 잠깐 동안
은 동료의 죽음을 이용해 유명세를 얻으려 했다는 비난을 받
을 수도 있고, 이런 저런 구설수에 시달릴 수도 있겠지만, 그
것도 잠시라며 그렇게 얼굴을 팔고나면 지금보다는 더 활동

하기 편해질 것이라고 부추겼다. 그는 방송사에 연줄이 있으니 내가 방송에 출연하겠다고 결정만 하면 자신이 나서서 연결을 하겠다고 했다.

그가 잠시 자리를 비운 사이, 고민을 하던 내게 한 사람이 다가왔다. 나이가 지긋한 편이었던 그 사람은 절대 방송 출연을 하면 안 된다고 말했다. 그러면서 어디에 가서 ㄷ엔터 소속이었다는 말도, 자연 언니와 친분이 있었다는 말도 해서는 안 된다고 신신당부를 했다. 왜 그렇게까지 해야 하는지 잘 이해는 되지 않았지만, 일단 감사하다고 말했다. 잠시 후 내게 방송 출연을 제안한 사람이 자리로 돌아왔고, 나는 그에게 방송 출연은 하지 않겠다고 선을 그었다. 잔뜩 기대를 했었는지 얼굴에는 불쾌한 기색이 역력했다. 그 후로는 그 사람과 마주치더라도 간단한 목례만 할 뿐 어떤 대화도 나누지 않았다.

또 다른 연예기획사와도 일이 있었다. ㄷ엔터에 들어가기 전 소속사를 찾을 당시 미팅을 했던 곳들 중 한곳에서 연락이 왔다. 대표가 만나자기에 찾아갔더니 자연 언니 일로 많이 힘들겠다며 위로를 했다. 이미 그곳에서도 자연 언니와 나의 관계를 알고 있었던 것이다. 그러더니 사실은 이곳에 기자가 와 있는데 사건에 대해 인터뷰를 해줬으면 한다고 했다.

거절할 사이도 없이 취재진들이 들어와 앉았다. 무슨 질문이었는지 생각이 나지는 않지만, 얼떨결에 인터뷰를 하고 도망치듯 그곳을 빠져나왔다. 그 기획사 대표와는 일면식이 있는 정도의 사이였다. 그도 기자의 부탁을 거절할 수 없었던 것인지, 아니면 언론사에 자신의 힘을 과시하고 싶었는지, 정확한 이유는 알 수 없다. 그저 나를 통해 언니의 일을 캐려는 것에 혈안이 된 사람들이 주변에 가득하다는 생각이 들었다. 한동안은 걸려오는 전화도 마음 편히 받지 못했다.

영화 출연을 위해 오디션을 보러 갔을 때도 마찬가지였다. 내가 가져간 프로필을 들여다보던 연출부에서는 이전 소속사에서 활동했던 것에 대해 몇 가지 질문을 하더니 연기를 해보라고 했다. 오디션을 위해 준비한 연기를 선보였다. 그러자 감독은 "술집 작부 역할을 하면 딱 맞겠네."라는 말을 했다. 뭔가 빈정거리는 느낌이 들었다. 그 영화에 술집 여자 역할은 없었는데도 그런 소리를 내뱉는 감독의 말에 설움이 밀려왔다. ㄷ엔터 소속으로 술자리에 불려 다녔다는 소문 때문이었는지, 아니면 '성상납'과 관련해 나에 대해 이상한 소문이 나돌고 있었는지 모르지만, 어디에서든 전 소속사에 대한 이야기는 하지 말라던 치어리더 에이전시 사람의 말이 생각났다. 어렴풋이나마 그 말의 의미가 무엇인지 그때야 알게 된 것 같다. 티를 내지 않으려고 애를 썼지만 내 표정이 변하는 것을 본 감독은 마지막으로 또 한마디를 했다. "너 공부 잘하네. 그냥 그 길로 가. 배우를 왜 해?" 아예 대놓고 면박을 줬다. 내 연기가, 내 생김새가 마음에 들지 않는다면 캐스팅을 하지 않으면 그뿐이다. 나는 하고 싶은 말이 많았지만 목 끝까지 치밀어 오르는 말을 꾹 꾹 눌러 담았다.

그 다음부터는 이전 소속사나 자연 언니에 대한 이야기는 입 밖에 내지 않으려고 애썼다. '자연 언니의 동료배우 윤 모 씨'는 '연기자'가 아닌, 여전히 사건의 '참고인'으로서의 삶을 요구받고 있었다. 그리고 이 꼬리표는 쉽게 뗄 수 없을 것 같았다.

어떻게든 유명세를 얻는 것이 목표였다면 나는 일찌감치 그들의 요구에 타협했을 것이다. 내가 가진 이런저런 수식어들을 합쳐 언니 사건을 악용하자고 작정했다면 좀 더 활발히 방송을 할 수 있었을지도 모른다. 하지만 나는 내 스스로에게 떳떳하고 싶었다. 한낱 무명배우이다 못해 지망생에서 끝난 것이 연예인으로서의 내 삶이었지만, 손가락질 받고 비웃음을 살만한 일은 단 한 번도 하지 않았다는 것에 지금도 감사한다.

그런 상황이었을 때 국내의 한 치킨 프랜차이즈 기업에서 전속모델 선발대회를 개최한다는 것을 알게 되었다. 최종 선발된 3명에게는 2년간의 CF, 지면광고촬영과 방송출연 등 전속모델로 활동할 수 있는 자격이 주어진다고 했다. 1등에게는 200만 원, 2등은 100만 원, 3등은 50만 원의 상금도 걸려 있었다. 나는 이 대회에 참가해 3등으로 입상했다. 지면광고촬영도 했지만, 연예인 메인 모델도 따로 있었고 3등인 나 말고도 1, 2등으로 뽑힌 모델이 있어서였는지 활발하게 활동하지는 못했다.

그렇게 몇 달이 지난 후, 한 케이블TV의 예능 프로그램에도 출연했다. 〈초.건.방〉이라는 프로그램으로, 자기계발에 바빠 연애에는 관심이 없는 일명 '초식남들'과 '건어물녀들'이 연예인 연애 코치와 함께 한 집에 동거하며 연애세포를 되살린다는 기획이었다. '초식남'은 초식동물처럼 온순하고 착해서 남성다움을 드러내지 않고, 자신의 취미 활동에는 적극적이지만 이성과의 연애에는 소극적인 남성을 의미한다. '건어물녀'는 직장에서는 유능하고 세련된 여성이지만 퇴근해 집에 오면 볼품없는 츄리닝을 걸쳐 입고 건어물에 음주를 즐기는 여자를 가리킨다. 처음에는 로맨틱 코믹 시트콤으로 시작했다가

나중에는 연애 카운슬링 형식의 리얼 버라이어티 프로그램
바뀌면서 나도 '건어물녀'로 출연할 기회를 얻었다. 배우로서
연기를 할 수 있는 것은 아니었지만 이 프로그램을 통해 잠시
나마 '건어물녀 윤지오'라는 기사가 실리기도 했다.

예능 프로그램의 생명력은 그리 길지 않다. 공중파 TV 프로
그램보다 케이블 TV 쪽의 예능 프로그램은 더욱 그랬다. 나도
TV에 출연하고 있다는 기쁨과 안도감은 그리 오래가지 않았
다. 소속사 없이 연예인으로 활동한다는 것은 정말 어려웠다.
단역 연기를 찾아 드라마를 기웃거리다 그게 어려워지면 예
능 프로그램의 패널로, 또 교양 프로그램의 리포터로, 불러주
는 곳이 있다면 나는 어디든 달려갔다. 그때는 그래야만 한다
고 생각했고 그것이 최선이라고 여겼다.

그러나 찔끔찔끔 한 줄씩 추가되는 그런 경력은 내 방송 활
동에 크게 도움이 되지 않을 정도로 소소한 것이었다. 필요에
의해 잠시 쓰이고 버려지는 소모품 같은 방송 일도 많았다. 하
지만 나는 그렇게 가뭄에 콩 나듯 들어오는 일도 거절할 수
없었다. 어쩌면 '희망고문'이란 표현이 딱 맞았다. 포기할까
하다가도 어디선가 나를 찾으면 그것으로 다시 희망을 품었
다. 조금만 더 기다리고 조금만 더 노력하면 나에게도 기회가

올 것 같았다. 나와 함께, 혹은 더 늦게 방송 활동을 시작한 사람들은 하나둘 자신의 이름을 세상에 알리기 시작했다. 나도 그들처럼 될 수 있다는 희망과 녹록치 않은 현실에서 오는 절망이 하루에도 몇 번씩 교차했다. 희망이 절망으로, 그 절망을 애써 희망으로 바꾸며, 사는 것이 아니라 버티고 있었다.

나는 돈을 벌기 위해, 또 이 바닥에서 버티기 위해 모델 일을 했다. 모델 윤지오로서가 아니었다. 손과 다리만 나오는 부분 모델이거나 메인 모델의 '몸 대역'으로 촬영을 했다. 주로 수영복이나 건강기능식품의 지면광고들이었다. 이렇게 받은 돈 역시 그리 많지는 않았지만, 방송 출연으로 버는 수입보다는 훨씬 많았다. 부업을 본업이라고 해야 할 상황이었다. 그렇다고 모든 것을 그만두고 그 자리에 주저앉을 수도 없는 일이었다. 나는 2007년 슈퍼모델 선발대회를 떠올렸다. 그것을 계기로 활동의 기회를 얻을 수 있었던 것처럼 또 다른 돌파구가 필요했다.

나는 우선 한 신문사가 주관하는 미인대회에 출전하기로 했다. 1972년부터 공중파를 통해 이 미인선발대회가 방송되면서 사람들의 관심을 끌었고, 1980년대 이후에는 '연예인 등용문'이 되었다. 이제는 여성의 상품화라는 문제제기가 잇따

르면서 공중파에서의 중계방송은 하지 않게 되었지만, 여전히 이 대회 출신들이 방송, 광고, 영화계에서 활발하게 활동하고 있다.

이 대회는 만 18세에서 24세의 여성이면 누구나 출전할 수 있었다. 만 22세였던 나도 지원서를 냈지만 지역예선에서 보기 좋게 떨어졌다. 다음 해, 나는 다시 지원서를 냈고 서울지역 예선에서는 본상과는 거리가 먼 우정상을 받았다. 오기가 생겼다. 나는 2011년 다시 대전지역에 지원서를 냈다. 경쟁이 센 서울보다는 유리할 것이라는 생각이 들었다. 게다가 나처럼 지역을 바꾸거나 복수 출전하는 사람들이 제법 있었다. 지역예선 출전을 위해 열심히 워킹이나 자기소개, 장기자랑을 연습했다.

지역예선 전날이었다. 대회 관계자가 나를 찾았다. 조용히 부르더니 대회 출전을 하지 않으면 안 되겠냐고 했다. 나는 지금까지 연습에 참여하면서 준비를 해왔는데 이유가 무엇인지 물었다. 그러자 "너 혹시 그 사건과 관계가 있는 게 맞냐?"라고 했다. 나는 그렇다고 하면서 그게 무슨 상관이냐고 반문했다. "위에서 연락이 왔는데, 너 이미 대회 몇 번 나갔었다며. 아무 것도 몰랐어? 전 대회에서도 그랬고, 이번에도 너 1등 했어."

심사 결과를 발표할 때는 합격자만 호명을 해서 출전자는 자신이 받은 점수를 확인할 수 없다.

"위에서 너를 어떻게든 출전 못하게 하라는 압력이 있어. 네가 나가면 누가 봐도 눈에 띄는데 상을 안 줄 수도 없고 주자니 곤란하다는 거야."라는 그의 말에 나는 "그런 것이 문제가 될 것이었으면 처음부터 서류에서 탈락시켰어야지요."라고 항의했다. 그들은 내가 당선된 후에 '장자연 사건'과 관계가 있다는 사실이 알려지기라도 하면 미인대회의 이미지가 실추될까 염려했던 것이었다. 미인대회에 출전한다 해도 당선시킬 수 없으니 출전하지 않는 게 좋겠다고 잘라 말하며 얼마 안 되는 나의 방송활동도 문제로 삼았다.

미인대회조차 마음대로 출전할 수 없는 이유가 단지 문제가 된 소속사에 있었고, 그 소속사의 한 배우와 함께 활동했기 때문이라니……. 이해할 수 없었다. 나는 이 사실을 미인대회의 전담 선생에게 알렸다. 지도를 맡았던 선생은 대회 하루 전날 이런 처사는 공정하지 않다며 이 이야기를 많은 후보생들 앞에서 공론화했고, 다행히도 나와 함께 대회를 준비하던 후보생들도 내 출전에 동의를 해주었다.

낙인, 주홍 글씨, 사회적 살인이라는 것이 바로 이런 것이라는 생각에 분노가 치밀었다. 아무튼 나는 그들의 제안을 받아들이지 않고 대회 출전을 강행했다. 결과는 이번에도 특별상이었고, 성적으로는 4위여서 본선에 진출하지는 못했다.

나는 다른 미인대회에도 출전했었다. 아시아 모델협회에서 주관하는 대회로, 환경오염을 막기 위한 다양한 방법을 모색하고 녹색성장을 실천하는 친환경 홍보대사를 뽑는 첫 대회였다. 그래서 당선자들의 타이틀 또한 '친환경 운동'이라는 슬로건에 어울리는 미스 에코(eco), 미스 공기(air), 미스 물(water), 미스 나무(tree), 미스 에너지(energy)였다. 나는 이 대회에서 특별상인 베스트 모델 상에 입상해 친환경 홍보대사가 되었다.

이것 말고도 몇 번인가 더 미인대회에 출전할 계획이 있었지만, 뜻대로 되지 않았다. 서너 번의 미인대회 출전 경력을 놓고 누군가는 그저 유명세를 빌어 쉽게 스타가 되려했다고 비난할지 모른다. 하지만 그때의 나는 미인대회 출전 외에는 딱히 할 수 있는 것이 없었다. 나 역시 그저 연예계 주변을 맴도는 나약하고 힘없는 무명배우였다.

15

끔찍한 제안

　여전히 연기 지망생과 별 차이 없는 무명 배우. 드라마 단역과 대역 모델, 미인대회를 전전하던 나는 차츰 내가 올바른 길을 걷고 있는지 회의가 들고는 했다. 그러다 한 뮤직 비디오에 출연하게 되었다. 밝고 신나는 곡으로 많은 사랑을 받았던 힙합 듀오의 댄스곡이었다. 여름에 발매되는 만큼 뮤직 비디오 촬영은 수영장을 배경으로 수많은 비키니 걸들이 등장하는 콘셉트였다. 얼마 후 이 뮤직비디오가 공개되면서 내게는 놀라운 일이 생겼다. '윤지오'라는 내 이름이 인터넷 포털 사이트의 실시간 검색어 1위에 오른 것이었다. 그리고 한 달 정도는 더 나에 대한 기사가 심심치 않게 일간지 연예 면과 인터넷 뉴스에 실리기도 했다.

기사에는 얼굴은 베이비, 몸매는 글래머라는 뜻의 '베이글녀' '비키니 종결자' 가슴 사이즈를 의미하는 'G컵 윤지오, 아찔 몸매'라는 헤드라인이 달렸고, 뮤직 비디오 한 편으로 나는 '국보급 몸매'라는 별명을 얻기도 했다. 그 당시만 해도 사람들의 관심에 목말라 있었기 때문에 내 이름이 어찌됐든 사람들의 입과 연예 뉴스에 오르내리기 게 신기하고 얼떨떨했다.

얼마 뒤에는 또 기존 가수가 보컬로 활동하는 3인조 밴드의 뮤직 비디오에 출연하게 되었다. 첫 번째 디지털 싱글앨범을 발표하면서 그들은 전략적으로 뮤직 비디오의 예고편인 티저 영상을 먼저 공개했다. 45초 분량의 짧은 영상이었지만 논란이 일었다. '강남 클럽에 G컵 베이글녀들이 총집합해서 끈적한 파티 분위기를 연출하고 있다.'는 기사가 나왔다. 플레이보이 잡지 모델, 미스코리아, 슈퍼모델들이 출연해 야릇한 포즈로 춤을 추고 카메라는 특정 신체 부위를 클로즈 업 하는 등 선정적이라는 것이었다. 더욱이 풀 버전의 뮤직 비디오는 이보다 더 수위가 높을 것으로 예상되어 선정성 논란은 더욱 가열될 것이라는 전망까지 내놓고 있었다.

그렇게 뮤직 비디오 출연 이후, 일간지 등에서 인터뷰 요청이 왔다. 나는 뮤직 비디오는 하나의 콘셉트일 뿐이라는 생각을 편안하게 이야기했다. 하지만 모두의 생각이 같을 수는 없었다. 세상에는 나를 달리 보는 눈도 많았다.

화보 촬영을 하자는 연락이 연이어 왔다. 한 곳은 잘나가는 연예인들이 찍기로 유명한 화보 잡지였고, 또 다른 한 곳은 섹시함을 콘셉트로 하는 곳이었다. 비키니와 란제리룩을 착용하지만 고급스러운 분위기를 연출할 것이라는 솔깃한 제안도 해왔다. 거절하면 다시 연락이 오고, 다시 거절하면 또 연락이 왔다. 제법 큰 액수를 제시하기도 했다.

뮤직 비디오를 통해 일간지에 이름이 오르내리긴 했어도 그것이 연기를 할 수 있는 기회와 연결되지는 않았다. 오디션을 보고 캐스팅이 됐어도 엎어지기 일쑤였고, 나중에는 오디션 미팅을 잡아도 불발로 끝나는 일이 많았다. 드라마 판에서는 이미 내 이름이 파다하게 소문이 나있는 듯 했다. 주변에서는 '윤지오'라는 이름 대신 다른 예명으로 활동하라는 조언을 하기도 했지만 그렇게 하고 싶지 않았다. 그것이 어린 나이의 치기였을지도 모르겠다. 만약 그때 이름을 바꿔 활동했다면 지금과는 사정이 달라졌을까?

공중파 TV의 특집 드라마와 영화 2편에서 그야말로 단역을 한 것 말고는 여전히 연기자로서 욕심낼 수 있는 일은 없었다. TV 드라마에 출연하는 지인들을 볼 때면 자주 마음이 상했다.

어느덧 내 나이도 스물여섯, 이십대 중반을 넘고 있었다. 나이를 그렇게 먹었다는 자체가 정말 무섭게 느껴지던 때였다. 오히려 그보다 나이가 들어 이십대 후반이나 삼십대가 되어서는 훨씬 마음이 편해지기도 했지만, 스물여섯의 나이는 왠지 감당하기 어려운 숫자였다.

그런 나에게 오랜 시간 알고 지내던 한 배우가 연극 연출자를 소개해주었다. 지금도 오픈 런으로 대학로에서 공연되고 있는 〈뉴 보잉보잉〉의 연출가였다. 프랑스 작가 마르코 까블레띠의 희곡을 한국형 리얼리티로 각색한 이 작품은 대학로에서 가장 오래, 또 가장 많이 사랑받고 있는 공연 중의 하나였고, 티켓 판매 사이트에서 TOP 5를 맴도는 흥행작이었다. 내용은 이수, 지수, 혜수, 미모의 스튜어디스 애인을 셋이나 둔 바람둥이 주인공 성기의 스토리다. 어느 날 비행기가 결항되면서 데이트를 약속했던 애인들이 찾아오는 바람에 주인공은 진땀나는 상황을 맞이한다. 나는 이 연극에 '이수' 역으로 출연하게 되었다. 연극무대는 처음인데다 쉴 틈 없이 돌발 상황이 발생하는 내용이라 상황에 맞는 연기를 해내는 것이 쉽지 않았다.

나는 대학로 공연뿐만 아니라 강남에 있는 윤당 아트홀과 마포아트센터에서도 공연을 했다. 특히 800석 가까운 대극장에서의 경험은 생각만으로도 아직 설렐 만큼 멋진 경험이었다. 어느 정도는 티켓파워가 있는 팀들만이 오르는 무대에 서서 많은 관객과 호흡할 수 있다는 것, 연기를 할 수 있다는 것만으로도 마냥 좋았고 어떤 선입견도 없이 나를 받아준 손남목 연출자와 연극 팀에 감사했다.

내가 선택할 수 있는 것은, 그리고 나를 찾아주는 곳은 연극 무대뿐이었다. 〈뉴 보잉보잉〉의 연극이 끝나고 〈셜록〉이라는 연극에도 참여하게 되었다. 미스터리 추리 연극으로, 탐정 셜록 홈즈와 그의 친구 왓슨 등이 중심인물이었고, 나는 시녀 '아메스' 역을 맡았다. 극의 마지막에 진실이 드러나기까지 1시간 40분이라는 공연시간 내내 관객을 몰입시켜야 하는 상황이라 그만큼 배우의 연기력이 요구되는 작품이었다. 물론 시녀 아메스가 등장하는 장면은 그리 많지 않았지만, 베테랑 연기자였던 주연들에 비해 연기력이 떨어진다는 지적을 받았다. 관객들의 눈은 매서웠다. 무척 힘들고 고민이 많았던 시간들이었다. 하지만 나는 여름에 시작해서 가을이 되기까지 50

일간의 공연에 끝까지 참여했다.

그렇게 두 편의 연극 출연이 끝났을 때였다. 한때 연습생을 했던 지인의 소개로 드라마 제작사이면서 엔터테인먼트를 운영하는 대표와 계약 이야기가 오가게 되었다. 회사에서 몇 차례 미팅을 하고는 나이 지긋한 제작자가 식사 제안을 했다. 거절할 이유가 없었다. 나는 아버지뻘 되는 제작자와 식사를 하며 그의 가족 이야기부터 방영 중인 영화와 드라마에 대한 이야기까지 많은 얘기를 나누었다. 그에게 나와 비슷한 또래의 딸이 있어서였는지 그 자리가 불편하다는 생각은 들지 않았고 유쾌했다. 그렇게 두어 번 더 식사초대를 받았다.

어느 날, 식사가 끝나자 제작자가 조심스럽게 내게 말했다. 단 한 번도 들어본 적 없는 잠자리 요구였다. 자신이 제작하는 드라마에서 큰 역할을 주겠다는 말도 했다. 나는 웃음기를 걷어내고 단칼에 거절했다. "아버지로서 혹시 따님이 밖에서 이런 이야기를 듣는다면 어떠실 것 같으세요?"라고 물었다. 그는 대뜸 화를 내며 "내 딸은 내 딸이고 너는 너다."라며 얼굴이 빨갛게 되도록 열을 올리며 내게 고래고래 소리를 질렀다. 일말의 가책 따위는 느끼지도 않는 듯 했다.

그는 방송사를 뒤흔들 정도로 성장한 회사의 대표였고, 그 사실은 나도 익히 알고 있었다. 무서울 것 하나 없는 사람처럼 보이는 그에게 대든 내가 오히려 신기한 듯 잠시 바라보더니 그는 다시 운을 뗐다. "빨리 갈 수 있는 길이 있는데 왜사서 고생하며 긴 시간을 뺑뺑 돌아가려 하나? 신호를 어긴다고 뭐라고 나무랄 사람 하나 없다. 너는 기회를 잡은 거다. 이런 제안을 받고 싶어서 나를 만나려는 배우들이 얼마나 많은지 아냐? 얼마나 유명한 배우들이 날 만나고 싶어 하는데." 계속되는 그의 이상한 제안은 너무나 불쾌했다. 집으로 돌아오는 내내 불쾌함을 넘어 이런 일을 당하면서까지 이 일을 해야하는지 회의가 들었다. 자존감이 바닥으로 추락하는 기분이었다. 그러면서 나는 자연 언니 생각이 났다.

"애기야, 넌 정말 발톱의 때만큼도 모른다."

언니의 죽음이라는 엄청난 일을 겪고도 여전히 난 정말 발톱의 때만큼도 모르고 있다는 생각이 들었다. 그냥 식사를 하자는 자리인 줄 믿었던 것이 잘못이었다면 잘못이었다. 딸자식 같은 사람에게 아무렇지 않게 잠자리 요구를 하면서도 자신의 딸은 절대 그런 일을 당해서도 안 되고 당하지도 않을 것이라는 그 철저한 이분법적 사고에 다시 화가 치밀었다. 그리고 술자리에서 추행을 견뎌야 했던 언니도 나 같은 기분이었을 것이라는 생각이 들었다. 차라리 언니가 소속사를 나오고 싶다는 말을 내게 먼저 해줬다면 함께 방법을 찾을 수 있지 않았을까……. 그랬다면 그런 문건 같은 것은 쓰지 않아도 됐을 텐데…….

많은 생각이 밀려왔다. 언니의 죽음으로도 세상은, 아니 연예계는 달라진 것이 없었다.

16

트라우마

은밀하지만 노골적인 성관계 제안을 받은 다음부터 나는 모든 일에 의욕이 생기지 않았다. 똑 부러지게 거절은 했지만, 그런 제안을 받았다는 사실만으로도 화가 났다. 그런 사람인 줄 진즉에 알아보지 못하고 함께 식사를 하고 함께 이야기를 나누었다는 사실만으로 나는 스스로를 자책했다.

그 일이 있은 후로 나는 자존감이 낮아질 대로 낮아졌고, 내 스스로 쓸모없는 사람이 되어버렸다는 생각을 할 정도로 충격을 받았다. 또 이미 나이는 들어가는데 제대로 해놓은 것이 없다는 생각도 내 자신을 무기력하게 만드는 것에 크게 한몫을 했다. 언제부터인가 외출을 하지 않게 되었고, 사람들을 만나지 않았다. 햇빛마저 쳐다볼 수 없을 정도였다. 밝은 빛 속에 서 있으면 내 자신이 너무 초라하게 여겨졌기 때문이다. 하루 종일 집 안에 불도 켜지 않고 커튼까지 꼭꼭 닫은 채 어두운 방 안에 혼자 있었다. 딱히 하는 것도 없었고, 먹지도 않았다. 잠도 자지 않았다.

그렇게 석 달 정도를 지냈다. 내가 하는 일이라고는 캐나다의 엄마에게 전화를 걸어 아무것도 아닌 일로 시간을 때우는 것이었다. 했던 말을 하고 또 하며 엄마 목소리를 들었다. 그러다 지쳐서 잠이 들면 꿈속에 언니가 보였다. 하지만 언니는 이전의 따뜻하고 밝은 모습이 아니었다. 한참을 무서운 표정으로 나를 내려다보는 언니의 모습에 놀라 잠을 깨기 일쑤였다. 그렇게 악몽은 시작되었고 나는 잠을 자는 것조차 무서워졌다. 겨우 잠이 들면 악몽을 꾸고 가위에 눌려 잠을 깼다. 자다 깨서는 다시 캐나다의 엄마에게 전화를 걸고는 했다. "엄마, 엄마, 전화 끊지 마." 점점 엄마와의 통화시간이 길어져 하루 10시간 넘게 통화를 한 적도 있었다. 엄마는 직감적으로 내게 무슨 일이 생긴 것을 알고 캐나다에서 급거 귀국을 했다. 한국으로 온 엄마는 나와 며칠을 함께 지나고는 아무래도 이상하니 정신의학과에 가서 상담을 받자고 했다. 정신의학과

전문의는 몇 가지 검사 끝에 중등도 우울증이라는 진단을 내렸다. 언니의 자살로 인한 트라우마라는 것이었다.

트라우마(trauma)는 정신적 외상(外傷)이다. 외부로부터 가해진, 자신의 의지와는 상관없이 일방적으로 받은 정신적인 충격 일체를 의미한다. 끔찍한 사고 현장의 목격, 가까운 이의 죽음, 폭력, 실연, 집단 따돌림, 소외, 무관심, 무시 등으로 인해 받은 정신적 상처가 인간의 정신세계를 지배하는 것이다. 의사는 이미 지나간 일인데도 자신이 겪은 일이 반복적으로 떠올라 그 일이 연상되는 활동이나 장소를 피하게 되고, 신경이 날카로워지거나 수면에도 문제가 생긴다고 했다.

나는 의사의 말을 듣고, 어쩌면 자연 언니의 일로 생긴 트라우마가 오래도록 숨겨져 있다가, 얼마 전 성관계를 요구하는 제안을 받고나서 발현된 것일지도 모른다고 생각했다. 그래서 나는 더 이상 일을 찾지 않게 되고 아무것도 할 수 없게 된 것일까. 아무튼 의사는 트라우마는 나약한 사람에게만 생기는 것이 아니라며 자책 같은 것은 하지 말라고 했다. '외상 후 스트레스 장애'라고도 하는 트라우마는 절망감과 공포, 슬픔을 느끼면서 스스로를 비난하고, 자신이 버려졌다거나 외톨이라고 생각한다고도 했다. 당시 나의 감정이 그랬다. 의사는 생명을 위협할 정도의 극심한 스트레스 반응이 찾아와 일상생활을 지속할 수 없을 정도라며, 항 우울제 투여가 반드시 필요하니 입원을 하라고 권했다.

엄마와 함께 집으로 돌아왔다. 엄마는 나를 선뜻 정신병원에 입원을 시킬 수는 없었던 것 같았다. 자살을 시도할 수 있으니 보호자의 감시가 항상 필요한 상태라는 의사의 말에 엄마는 한시도 내 곁을 떠나지 않았다. 며칠이 지나자 엄마는 캐나다로 돌아가자며 나를 설득했다. 나는 완강히 가지 않겠다고 했다. 아무것도 이룬 것도, 얻은 것도 없이 빈털터리가 되어 초라하게 돌아가는 게 싫었다. 그렇게 며칠을 버텼다. 그렇다고 딱히 하고 싶은 일이 생기거나 무엇이든 다시 시작해보자는 마음이 드는 것도 아니었다. 고민 끝에 가족들이 있는 곳으로 돌아가자는 결심이 섰다. 엄마는 내가 타던 차와 집을 급히 처분하고 짐들을 캐나다로 부쳤다. 짐이 사라지고 썰렁해진 빈집을 돌아보며 나는 아무 말도 할 수 없었다. 연예인이 되겠다며 한국으로 돌아왔던 열일곱 살의 아이, 누구보다 재기발랄하고 씩씩했던 그 아이는 연예계를 전전하며 온몸에 상처를 입었다. 그렇게 나는 캐나다로 돌아가게 되었다. 한국에 온지 10년째 되던 해였다.

캐나다에 도착했다. 공항에는 오빠가 마중 나와 있었다. 이미 엄마를 통해 내 상황을 전해 들었는지 "막둥이!"라고 사랑스럽게 나를 부르며 그동안 고생한 것을 보상이라도 해주듯 따뜻하게 안아주었다. 오빠는 어린 시절을 제외하고서는 나에게 짜증 한번 낸 적 없이 늘 인자하고 자상했다. 늘 나에 대한 걱정과 격려를 입에 달고 살았고, 단 한 번도 내 의사에 반하는 일을 한 적이 없는 든든한 후원자이자 버팀목이었다.

캐나다의 집에 짐을 푼 뒤에도 나는 아무 일도 손에 잡히지 않았다. 무엇을 해야 할지 몰랐다는 것이 더 정확한 표현일지 모른다. 아무 일도 하지 않고, 아무 일도 생기지 않은 채 몇 달의 시간이 흘렀다. 엄마는 캐나다에서 다시 대학에 진학해 공부를 시작하는 것이 어떤지 물었다. 많은 일을 병행하면서도 꿋꿋이 해냈던 공부마저도 자신이 없었다. 의지도 생기지 않았고, 그런 내 자신이 싫어서 다시 자책을 하고는 했다.

가족들의 눈치를 보게 되면서 집에서조차 편히 쉴 수 없다는 생각에 어느 것 하나 마음을 붙이지 못했다. 이런 나를 보며 답답한 마음이 들었던 엄마는 종종 나를 차에 태워 외출을 했다. 길에서 누군가와 마주치면 나는 숨기 바빴고, 이야기라도 나눠야 하는 상황이 오면 얼굴이 벌겋게 달아오르고 숨이 가빠졌다. 증상은 나날이 더 심해져서 차에 타서도 구석에 웅크리고 숨어있거나 검은색 옷을 입고 얼굴을 가린 채 아무도 나를 알아보지 못했으면 좋겠다는 생각을 달고 살았다. 유치원에 가기 싫어서 떼를 쓰는 어린 아이처럼 나는 퇴행하고 있었다. 집에서도 이불 밑에 숨어 나오지 않았다. 그런 내 모습을 지켜보던 엄마는 더 이상 외출을 권하지 않았다.

엄마는 우선 치료부터 시작하자며 캐나다에 있는 한국인 정신과 전문의에게 데리고 갔다. 상담을 마치자 의사는 우울증은 물론, 특별한 이유 없이 극단적인 불안 증상이 나타나는 공황장애, 그리고 무기력증과 대인기피증까지 보인다고 했다. 당분간 그 정신과에 다니며 치료를 받기로 했다. 의사와의 상담이 도움이 된다는 생각이 들지는 않았지만 예약한 상담시간이 되면 꼬박꼬박 병원에 갔다.

쉽게 증세가 호전되지는 않았다. 정신과 치료약 때문인지 손과 발이 떨리면서 자주 호흡곤란이 찾아왔다. 발작을 일으켜 몸이 뻣뻣하게 굳으면서 정신을 잃는 경우도 있었다. 엄마의 울음소리에 정신을 겨우 차리고는 함께 울기도 했다. 점점 이런 증상이 심해지자 엄마는 나를 안방에서 함께 기거하게 했다. 약을 먹고 잠이 들면 한국에서와 마찬가지로 악몽을 꾸었다.

어느 날, 잠이 든 것도 깬 것도 아닌 상태에서 자연 언니의 모습이 보이고 언니의 목소리가 들렸다. 언니의 얼굴은 보이지 않았지만 대신 목을 매어 천정에 매달려 있는 뿌연 형체가 보이기도 했다. '지오야, 애기야, 같이 가야지. 너도 같이 가자.' 생전의 언니처럼 나를 애기라고 부르는 언니의 목소리였다. 비몽사몽 언니를 향해 소리를 지르고 손을 내저어도 그 모습은 사라지지 않았다. 겨우 잠에서 깨어나 언니에게 미안하다며, 잘못했다며 소리 내어 울었다. 그 후로는 거의 잠을 잘 수 없었다. 깨어있는 낮 시간에도 언니의 모습이 보이고 목소리가 들리는 것 같았다. 환각 증상이었을까, 나는 점점 더 환시와 환청에 시달렸다.

캐나다에도 봄이 왔다. 일요일 오전, 엄마는 교회에 가고 집에는 오빠와 나밖에 없었다. 늦게 침대에서 눈을 떠서 창문을 열고 밖을 내다봤다. 날씨는 봄기운이 완연해 따뜻하고 화창했다. 날이 너무 좋았다. 갑자기 죽고 싶다는 생각이 들었다. 더 이상 살고 싶지 않았다. 어떻게 죽어야 할까, 나는 목을 매야겠다는 생각을 했다. 방안에서 끈을 찾아 문고리에 걸었다. 지금 생각해보면 정말 몹쓸 짓이었다. 특히 사랑하는 엄마와 아버지, 오빠에게는 더 할 수 없는 상처를 준 일이었다.

정신을 잃어가고 있을 때쯤 놀란 엄마의 목소리가 어렴풋이 들려왔다. 교회에 다녀온 엄마가 내 목에 감겨있던 끈을 풀어내고 이름을 소리쳐 부르며 깨우고 있었다. 그 소리에 겨우 정신을 차리고 눈을 뜨자 엄마는 "제발 살아만 있어라, 살아만 있어."라며 오열했다. 이런 소동에 다른 방에 있던 오빠가 달려왔고 구급차를 불렀다. 목에는 끈을 묶었던 자리에 시퍼렇게 멍이 들어있었다. 구급대원들은 간단히 경위를 확인한 다음 시립병원으로 구급차를 몰았다.

병원에 접수를 하자 다시 정신병동으로 옮겨졌다. 의사가 찾아와 잠시 상담을 하더니 입원 결정을 내렸다. 입원까지는 생각하지 않았던 가족들도 당황하는 빛이 역력했다. 다시 또 자살시도를 할 위험 때문이었는지 즉시 입원을 하라고 했다. 그들은 내게 신고 갔던 운동화의 끈을 풀게 하고 어떤 소지품도 지니지 못하게 하더니 입원실로 데려갔다. 끈이나 뾰족한 물건, 단단한 소지품들이 자살에 이용될 수 있어서 그렇게 한다는 것을 나중에 알게 되었다. 정신병동의 철문이 닫히고 엄마와 오빠는 집으로 돌아갔다. 나만 혼자 정신병동에 남겨졌다. 병원에서는 영화에서나 볼 수 있는 손을 꽁꽁 묶는 환자 구속복은커녕 환자복 자체도 입히지 않았다. 병실도 혼자서 쓸 수 있도록 아늑한 방을 배정해주었다. 병원 규정상 병실 문을 잠그지 못하게 하고 매시간 환자를 보호 감찰하는 간호사가 상태를 확인하는 정도가 전부였다.

나는 입원실에 앉아 잠시 생각을 했다. 차라리 아무도 없는 곳에서 혼자 있는 것이 마음이 편했다. 정신병동에 입원을 하고 나서야 이제는 정말 쉴 수 있다는 생각이 들었다. 다음 날부터 상담이 시작되었다. 한국에서의 내 생활과 자연 언니 사건을 들은 의사가 말했다.

"네 잘못이 아니야. 죄책감을 느낄 필요 없어. 그만 힘들어해도 돼."

의료진들은 내가 겪은 일들을 논리적으로 납득시키기 위해 애를 썼다. 아무도 내게 그렇게 말해준 사람은 없었다.

얘기 좀 하자던 언니의 마지막 부탁을 들어주지 못한 것에 내 스스로가 죄인 같았고, 나만 살아남아 있는 것이 한없이 미안했었다. 참고인으로 경찰과 검찰에 불려 다녔지만 밝혀진 것은 아무것도 없었다. 너무나 견고해서 깨지지 않는 힘을 확인하며 나약하고 초라한 내 자신에 무력감을 느꼈다. 그런데도 나는 내가 입은 상처 따위는 돌아보지 않았고, 스스로를 돌봐야 한다는 생각은 추호도 하지 않으며 뛰어다녔다. 그러다 언니가 당했던 똑같은 상황에 처하면서 나는 더 큰 상처를 입고 살아갈 힘을 잃었다. 비난과 따돌림으로 세상에서 버려졌다는 생각만이 가득 했었다.

"네 잘못이 아니야."

그 한마디에 이상하게 마음이 평화로워졌다.

"내 잘못이 아니야."

나는 생각이 날 때마다 스스로에게 그렇게 말하며 치료를 받기 시작했다. 나를 담당하던 간호사는 가끔 내 병실을 찾아와 나와 함께 울어주었고, 그 끝에는 내 손을 꼭 잡으며 용기를 주었다.

내가 입원한 정신병동의 같은 층에는 환자가 십여 명 정도 있었다. 정신과 치료약 때문인지 정신과에 입원한 환자들은 대부분의 시간을 잠에 취해 보낸다. 그래서 병원에서는 환자가 낮잠을 잘 수 없도록 한다. 어떻게든 깨어있게 운동을 시키거나 하면서 계속 움직이게 한다. 하지만 나는 병원에서도 쉽게 잠을 잘 수 없었다. 다른 환자들과는 달리 오히려 수면제

처방을 받았는데도 좀처럼 불면증은 나아지지 않았다.

의사가 나를 불렀다. 예전 정신과에서 처방을 받아 복용했던 약을 확인했더니 부작용이 심한 약이었고, 내 증상에는 맞지 않는 약이었다고 했다. 담당의는 내게 의료소송을 할 마음이 있는지 물었다. 어이가 없었다. 사실 캐나다에서 처음 찾아간 정신과 병원에서는 환자인 나보다 의사가 더 많은 말들을 했었다. 그는 사고를 당해 몸에 마비가 온 것이며, 이혼을 했다는 것까지 주저 없이 말했다. 그러면서 내게 자신을 집에서 병원까지 데려다 주는 일을 맡아주지 않겠냐고도 물었다. 자신이 학비를 지원하고 공부를 도와줄 테니 의학 공부를 다시 시작하라는 말도 했었다. 고마운 한편, 과한 제의에 이상한 느낌이 든 것도 사실이다. 소송까지는 하지 않아서 정확한 이유는 알 수 없었지만, 왜 그런 약을 내게 처방했는지, 그리고 내가 환시와 환청에 시달렸던 것이 그때 복용한 약 때문이었는지 지금도 가끔 궁금하기는 하다.

그 후로 치료약을 바꿔가며 나는 열심히 치료를 받았다. 미술치료와 운동치료도 받았다. 환자들과 한곳에 모여 구슬을 꿰고, 운동을 하고, 그림을 그렸다. 환자들이 둥그렇게 모여앉아 자신이 겪은 일을 말하는 프로그램도 있었다. 입원치료를 받는 환자들은 또래보다는 나보다 더 나이가 많은 사람들이 대부분이었고, 동양인은 나 혼자였다. 동병상련, 그 말이 맞았다. 우리는 서로의 불행에 함께 마음 아파했고 서로를 위로 했다. 퇴원 후 취직을 하는데 도움이 되는 직업훈련을 받기도 했었다. 점점 식사량이 늘고 잠도 잘 수 있었다. 입원해 있던 두 달 동안 엄마와 오빠는 하루도 빠짐없이 왕복 4시간 거리를 달려 나를 찾았다. 면회 도중 가끔 눈물을 흘리다가도 내가 볼새라 재빨리 눈물을 훔치는 가족을 보며 나는 미안하고 또 고마웠다. 그렇게 시간이 흐르면서 나는 차츰 건강을 회복했다. 그리고 마침내 퇴원을 하게 되었다. 자살 시도 끝에 정신병원에 입원한 지, 두 달 만이었다.

퇴원 후에도 정신과 치료는 계속 받아야 했다. 증상이 호전되는 것에 따라 약이 계속 바뀌었다. 어떤 질병이나 마찬가지지만, 약을 복용하다 중단하면 증상은 오히려 복용 전보다 악화되고 재발될 가능성이 높다고 한다. 정신과 치료 역시 그렇다고 했다. 증상의 레벨에 따라 일정 기간 적정량을 복용하지 않으면 더 심한 증세가 나타날 수 있어서 나는 역시 장기복용을 해야 했다.

정신과 치료약의 부작용이었는지, 연예계를 떠나 몸을 가꿔

야 한다는 부담이 사라져서인지, 금세 살이 붙었다. 한국에서
활동할 때보다 몸무게가 10kg 이상 늘어나 있었다. 그런 상태
로 여전히 아무 일도 시도하지 않는 내 모습을 보면서도 엄마
나 가족들은 아무 말도 하지 않았다. 오열하며 살아만 있으라
고 했던 엄마는 더 이상 대학 진학을 권하지도, 일을 하라고
등을 떠밀지도, 사람들을 만나라며 차에 태우지도 않았다. 어
릴 적에도 그때처럼 느긋하게 시간을 보낸 적은 없었다. 그렇
게 한참 동안 호사를 누리면서 점점 회복을 하고 나서야 슬슬
무엇인가 내가 할 수 있는 일을 찾아야겠다는 생각이 들었다.

　우선 운동을 시작했다. 건강해질 정도로 살을 빼고 나서는
개인 인터넷 방송을 시작했다. 새벽까지 잠 못 들고 멍하니 있
는 것보다는 컴퓨터로 사람들과 소통하는 것이 좋았다. 그 시
간에 깨어 있거나 내 방송을 보는 사람들 중에는 나처럼 우울
증을 앓고 있는 사람도 여럿이었다. 나는 '벨라'라는 이름으로
방송을 했고, 열심일 때는 주목받는 BJ(broad casting Jockey)
이기도 했다. 그렇게 개인 인터넷 방송을 하며 내 증상은 더욱
호전되었고 방송을 시작한지 2년 만에 정신과 치료약도 끊을
수 있었다. 건강해지고 나니 이제는 일을 해야겠다는 생각도
들었다. 취직을 하거나 가게를 내거나 할 생각은 없었다. 이것

저것 고민을 하다 보니 슈퍼모델 시절 바자회에 참가했던 일이 생각났다.

돈이 없었던 나는 잘 나가는 연예인들처럼 고가의 소장품을 내놓을 수 없었다. 그래서 취미 삼아 시작했던 향초를 만들어 바자회에 내놓았고 사람들의 반응이 좋아서 완판을 한 적이 있었다. 바자회가 끝난 후에도 내 연락처를 수소문해 향초를 더 구입하고 싶다는 사람도 있었다. 나는 그때처럼 집에서 향초를 만들었다. 지인들을 대상으로 판매를 하다가 교포 커뮤니티에 올리니 판매량이 점점 늘었다. 특히 크리스마스 시즌이 다가오면 찾는 사람이 많았다. 마침 캐나다에서 가게를 운영하는 지인이 자신의 가게 안에 자리를 내어줄 테니 본격적으로 판매를 해보지 않겠냐는 제안을 했다. 매장 안에 또 다른 매장을 만들어 상품을 판매하는 숍 인 숍(shop in shop)이었다.

지인의 도움으로 나는 향초 외에도 비누와 석고 방향제를 만들어 판매를 시작했다. 반응은 나쁘지 않았고, 용돈 정도는 너끈히 벌 수 있었다. 그리고 수강생들에게 향초와 비누, 방향제 만드는 방법을 가르치는 강좌도 열었다. 마찬가지로 숍 인 숍 형태이기는 했지만 판매처도 세 곳으로 늘어났다. 모델일도 종종하기는 했다. 하지만 남들 앞에 서는 일보다 비누와 향초를 만드는 일이 훨씬 매력적이었다. 시간 가는 줄 모르고 작업에 몰두하다 보면 더 큰 위안과 치유를 얻을 수 있었다.

그무렵 나와 동갑인 남자를 만나게 되었다. 그는 한국 교포였다. 시간이 지나면서 상처받은 한국에서의 삶을 하나둘 이야기할 수 있었고, 그때마다 그는 아무런 선입견 없이 나를 받아주었다. 그저 상처 많은 내 이야기 하나하나를 묵묵히 들어줄 뿐, 어떤 질문도 하지 않았다. 건강한 그를 만나면서 나 역시 더 건강하고 당당한 사람이 되고 싶었다. 그는 그렇게 밝고 건강했던 예전의 내 모습을 되찾게 해준 귀한 사람이다. 내 힘으로 기꺼이 해낼 수 있는 일과 사랑하는 사람, 가족들의 품에서 나는 자존감을 회복했다. 먼 길을 돌고 돌아서 찾아온 캐나다에서 나도 다른 사람들처럼 평범한 이십대의 마지막을 보내고 있었다.

미투 운동

캐나다에서도 가끔씩 인터넷 포털 사이트를 들여다보며 고국의 소식을 확인하고는 했다. 그때까지도 한국 언론에는 어느 한때고 언니의 이름 석 자가 빠지지 않고 등장했다. 그러던 중 2017년 12월에는 다시 자연 언니에 대한 기사가 시간을 다투며 올라오기 시작했다.

행위예술가이자 방송인과 결혼하는 한 남자의 인터뷰 때문이었다. 그는 장자연에게 받은 편지를 갖고 있고, 공개하지 않은 것이 더 많다며 언니에 대한 이야기에 다시 불을 댕기고 있었다. 그는 2011년에 이미 한차례 자연 언니와 주고받은 편지의 사본이라며 국내 한 지상파 방송사에 제보를 했던 장

본인이기도 했다. 그 방송사는 '故 장자연 편지 50통 단독입수'란 기사를 통해 장자연 씨가 지인에게 보낸 자필편지 50통 230쪽을 확보했다며, 연예기획사 관계자와 대기업, 언론사 간부 등 사회 저명인사 31명에게 100여 차례에 걸쳐 술 접대와 성상납을 강요받은 것으로 확인됐다고 보도했다. 보도 내용은 충격적이었고, 언니의 사건은 3년 만에 다시 수면 위로 떠오르는 듯 했다.

보도가 나간 직후 경찰은 수사팀을 꾸려 본격 조사에 착수했고, 언니와 편지를 주고받았다는 그 지인이 교도소에 복역 중인 J로 밝혀져 화제가 되기도 했다. J는 그의 본명이었다. 경찰은 제보자 J가 수감되어 있던 광주교도소를 압수수색해 입수한 편지 원본 34장에 대한 필적감정을 국립과학수사연구원에 의뢰했다. 그로부터 열흘 뒤 국과수는 편지가 조작됐다는 내용의 최종 감정 결과를 경찰에 통보했다. J의 자작극으로 판명된 것이다.

편지 자체가 조작으로 밝혀지자 경찰은 재수사를 하지 않기로 했고, 자연 언니의 편지를 위조한 J에게는 징역 8개월에 집행유예 2년이 선고되었다. 자연 언니 사건의 실체는 아무것도 규명되지 않은 채 수면 아래로 완전히 가라앉았다. 그런 소동을 벌였던 J가 다른 이름으로 결혼을 발표했고 기자들의 취재 끝에 그가 예전에 장자연의 편지라며 방송사에 제보를 한 J라는 사실이 밝혀졌다. 그 부부는 기자회견을 열어 다시 자연 언니의 편지 이야기를 꺼냈고, 6년 전 자신은 억울한 누명을 썼던 것이라고 주장했다. 그 뒤로도 부부는 SNS를 통해 장자연 사건의 재수사를 촉구했지만, 10개월 만에 파경을 맞으면서 이혼 기사의 주인공이 되었다. 또 한 번의 해프닝이었다.

그즈음 법무부는 검찰 과거사위원회를 발족했다. 과거 권위주의 정부 시절 일부 시국 사건 등에서 검찰이 적법절차 준수와 인권보장의 책무를 다하지 못한 점에 국민 여러분께 깊이 사과드린다며 검찰총장이 사과를 한 지 넉 달만의 일이었다. 과거사위는 인권침해 및 검찰권 남용 의혹 사건에 대한 진상규명 활동을 벌인다고 했다. 대상 사건은 법원 판결로 무죄가 확정된 사건 중 검찰권 남용 의혹이 제기된 사건과 검찰권 행사 과정에서 인권침해 의혹이 제기된 사건, 국가기관에 의한 인권침해 의혹이 상당한데도 검찰이 수사 및 공소를 거부하거나 지연시킨 사건 등이라고 했다.

위원회는 인권 변호사들과 언론인, 법학 교수 등으로 구성되었고, 언론 쪽에서는 배우 故 장자연 사건의 재수사를 검토 중이라는 보도가 나오기 시작했다. 물론 검찰 일부에서는 장자연 사건을 재조사한다 해도 나올 게 없다는 분위기도 팽배했다. 수사를 통해 뭔가 실체가 드러날 가능성도 높지 않은데다, 뭔가 어렵게 밝혀낼지라도 사건에 연루된 사람들 대부분이 공소시효가 지나 처벌은 불가능하다는 것이 이유였다. 검찰 과거사위가 실제로 재수사에 착수할지 세간의 이목이 쏠리면서 해가 바뀌었다. 그리고 2018년 1월, 1년 내내 한국사회를 요동치게 한 사건이 시작되었다.

당시 현직 검사였던 서지현 검사는 한 TV 뉴스에 출연해 검찰 내부에서 자행되고 있는 성폭력 사건을 폭로하면서 한국판 미투 운동을 촉발했다. 그녀는 서울북부지검에서 근무하던 2010년, 장례식장에서 법무부 간부 A검사로부터 당한 강제추행을 고발했다. 공공장소에서 당한 성추행 때문에 모욕감과 수치심이 이루 말할 수 없었지만 당시만 해도 성추행에 관한 이야기를 발설하기 어려운 검찰 분위기와 성추행 사실이 언론에 보도될 경우 검찰의 이미지가 실추될 것에 고민하다가 소속 검찰청 간부를 통해 사과를 받는 선에서 정리했다고 한다. 하지만 A검사로부터는 어떤 연락도 받지 못했고, 이후 감사에서 많은 지적과 검찰총장 경고를 받은 뒤 인사 불이익을 받았다는 것이었다. 성추행에 이어 피해자가 받은 2차 피해사례였다.

그녀는 또 잘나가는 검사의 발목을 잡는 '꽃뱀'이라는 말을 무척 많이 들었다며 검사 간 성폭행이 발생한 적도 있다고도 폭로했다. 그녀는 '미투(Me Too) 운동'이 세상을 울리는 큰 경종이 되는 것을 보면서, 성폭력 피해자들에게 "절대 당신의 잘못이 아니다."라는 말을 하고 싶어 인터뷰에 응했다고 했다. 절대 당신의 잘못이 아니다. 어쩌면 9년 전 자연 언니가 진정으로 듣고 싶었을 위로와 응원의 한마디였을지도 모른다는 생각이 들었다.

'미투 운동'은 사회관계망서비스(SNS)에 '나도 그렇다.'라는 뜻의 'Me Too'에 해시태그(#Me Too)를 달아 자신이 겪었던 성범죄를 고백함으로써 그 심각성을 알리는 것에서 시작되었다. 미국 할리우드의 유명 영화제작자 하비 웨인스타인의 성 추문 사건 이후 영화배우 알리사 밀라노가 2017년 10월 15일 처음 제안했다고 들었다. '나도 피해자(Me Too)'라는 시그널을 통해 얼마나 많은 피해자가 존재하는지 성범죄에 대한 경각심을 불러일으키자는 취지였다. 미투 캠페인을 제안한 지 24시간 만에 약 50만 명이 넘는 사람들이 리트윗을 하며 지지를 표했고, 8만여 명이 넘는 사람들이 #MeToo라고 해시태그를 달아 자신의 성폭행 경험담을 폭로했다. 그리고 2018년 골든 글로브 시상식에서는 배우들 대부분이 검은색 의상을 입고 레드 카펫 위를 걸으며 미투 운동을 지지했다. 메릴 스트립과 리즈 위더스푼, 안젤리나 졸리, 나탈리 포트먼, 엠마 스톤 같은 거물급 배우들이 시상식을 통해 미투 운동을 확산시켰고, 오스카 시상식과 아카데미 시상식으로 열풍이 이어졌다. 그래미 어워즈에서는 연대와 지지를 상징하는 퍼포먼스도 있었다. 미국의 팝가수 레이디 가가는 드레스에 '흰 장미'를 달았고, 영국의 거장 엘튼 존은 축하 무대에서 피아노 위에 '흰 장미' 한 송이를 올렸다.

　서지현 검사의 성폭력 고발에서 촉발된 미투 운동의 불씨는 문화예술계로 가장 먼저 옮겨 붙었다. 연극계의 미투 폭로에 이어 영화, 방송계를 강타한 미투 운동은 정치권 등 사회 각계각층으로 들불처럼 번져 나갔다. 한국 사회가 묵인해온 비뚤어진 권력관계를 강타하고 있었던 것이다. 나는 상상하지 못했던 곳에서 상상할 수 없는 모습으로 드러난 추악한 그들이 모습에서 자연 언니가 겪었을 아픔이 다시 생각났다.

　아무튼 문화예술계에서 폭발력을 얻은 미투 운동에 제일

먼저 조직적인 대응을 시작한 한국여성단체연합은 '내 삶을 바꾸는 성 평등 민주주의-For Gender Justice'라는 슬로건 아래, 범죄를 저지른 가해자뿐만 아니라 그것을 가능케 했던 차별과 동조, 침묵의 구조를 강력히 비판했다. 이것은 극심한 성차별적 사회구조와 사회에 만연한 성폭력, 오랜 시간에 걸쳐 지속된 억압에 분노하는 여성들의 절규였고 폭발이었다. 여성들의 외침에 국가가 응답해야 할 차례라는 여성계의 선언에 정부에서는 미투 피해자 중 형사고소를 할 의사가 있다면 친고죄가 폐지된 이후의 사건에 한해 고소 없이도 적극 수사할 것이라고 발표했다.

18

청와대 국민청원

2018년, 미투 운동이 한창이던 때였다. 언니의 사망 9주기를 열흘 정도 앞두고 청와대 국민청원 게시판에 새로운 글이 올라왔다.

▣ 故 장자연의 한 맺힌 죽음의 진실을 밝혀주세요.

　힘없고 빽 없는 사람이 사회적 영향력, 금권, 기득권으로 꽃다운 나이에 한 많은 생을 마감하게 만들고 버젓이 잘살아가는 사회, 이런 사회가 문명국가라 할 수 있나요. 어디에선가 또 다른 장자연이 느꼈던 고통을 받지 않는다. 라고 이야기 할 수 있습니까. 우리의 일상에 잔존하는 모든 적폐는 청산되어야 합니다.

2018년 2월 26일에 시작된 청원은 마감일인 3월 28일까지 235,796명이 참여했다. 이 청원은 일찌감치 '한 달간, 20만 명의 동의'라는 청와대 답변 기준을 충족시켰고, '국민이 물으면 정부가 답한다.'던 청와대는 공식답변을 내놓았다.

> 당시 40여 명의 경찰 수사팀이 4개월 간 수사를 진행하였고, 사건을 송치 받은 검찰도 전담 수사팀을 구성하여 보완수사를 하였으나, 세간의 이목이 집중되었던 술 접대강요와 유력인사에 대한 성 접대 의혹에 대해서는 모두 증거 부족이라는 이유로 '혐의 없음' 처분을 하였다. 소속사 대표의 폭행·협박 부분, 매니저의 명예훼손 부분만 기소하는 데 그쳤다. 최근 법무부 검찰 과거사위원회가 이 사건을 사전조사 대상으로 선정하였고, 본격 재수사 여부를 결정하게 될 것이다. 상당한 시간이 흘러서 가해자들의 공소시효가 대부분 지났지만 성 접대강요나 알선 혐의는 공소시효가 남아 있을 수 있고, 공소시효를 떠나 과거에 벌인 수사에 미진한 부분은 없었는지 법무부 검찰 과거사위원회와 검찰 진상조사단에서 여러 각도로 고심하고, 관련 의혹을 규명하기 위해 최선을 다할 것으로 기대한다.

22번째로 청와대가 답한 국민청원이었다.

그리고 故 장자연의 한 맺힌 죽음의 진실을 밝혀달라는 청원과 함께 또 하나의 사건이 게시판에 올랐다. 이른바 '단역배우 자매 자살 사건'에 대한 재조사 청원이었다. 2009년 8월 28일 오후 8시 18분 18초, 건물 18층에서 한 여성이 몸을 던져 세상을 떠났다. 그로부터 6일 뒤 또 다른 여성이 극단적인 선택을 했다. 두 여성은 자매였고, 그로부터 두 달 뒤 그녀들의 아버지도 뇌출혈로 세상을 떠났다.

사건의 내막은 이러했다. 백댄서로 활동하며 연예인을 꿈꾸던 동생은 대학원에 다니던 언니에게 보조 출연 아르바이트를 소개했다. 언니는 드라마에 보조출연을 시작했고, 4개월의 시간이 흘렀다. 평소 조용한 성격이던 언니는 어느 날부터 이상 행동을 보이더니 증상이 심해져 어머니와 동생에게 욕을 하며 폭력을 휘둘렀고 집안 살림들을 부수기까지 했다. 가족은 결국 경찰을 불러 언니를 정신병원으로 데려갔고 정신과 상담을 받으면서 그녀가 보조출연 관리업체의 직원과 단역관리 반장들에게 집단 성폭행을 당한 정황을 알게 되었다.

한 단역관리 반장은 언니에게 4개월간 수차례에 걸쳐 지속적으로 범행을 저질렀고, 이런 사실을 다른 직원들에게도 알렸다. 그 후 같은 업체 직원들과 부장, 캐스팅 담당자 등 11명도 촬영지 인근 모텔과 차량에서 언니를 여러 차례 강간과 성추행했다. 가해자들은 범행 후 언니에게 '주위에 알려 사회생활을 못하게 하겠다, 동생과 어머니를 죽이겠다, 동생을 팔아넘기겠다.'고 협박했다. 경찰진술서와 병원의무기록에는 업

체직원 중 한 명이 언니를 발로 차고 머리채를 잡아 변태적인 성행위까지 시켰다고 기록되어 있다.

4개월이 넘어 뒤늦게 이 사실을 알게 된 자매의 어머니는 딸을 설득해 성폭행과 강제추행 등의 혐의로 12명을 경찰에 고소했다. 단역관리 반장 등 4명은 성폭행, 나머지 8명은 강제 추행 혐의였다. 하지만 가해자들 모두는 합의하에 이뤄진 성 관계라고 반박했다. 당시 사건을 맡아 조사를 하던 경찰은 가해자와 피해자를 격리하지 않고 대질조사를 벌였고, 가해자들은 조사를 받는 자리에서도 성행위를 흉내 내며 언니를 조롱하기까지 했다. 경찰 역시 가해자들의 성기 모양을 그림으로 정확히 그려보라고 A4 용지를 내밀었다. 경찰은 성범죄 피해자인 언니에게 "튼튼하게 생겼네." "588(성매매업소 밀집 지역) 가면 하루 30명 상대해도 돈 벌고 자가용 끌고 산다." "강간당한 장면을 묘사해봐라." "12명 상대한 아가씨인지, 아줌마인지 얼굴 좀 보자." 등 입에 담지 못할 폭언을 쏟아냈다. 술 취한 경찰들이 몰려와 "12명이랑 잔 사람이 이 아가씨야?"라는 망언도 서슴지 않았다. 대질심문을 한다던 경찰들은 가해자와 함께 웃고 있었다.

이후 자매의 가족은 가해자들로부터 고소를 취하하라는 협박을 당했고 어머니는 단역관리 반장으로부터 폭행을 당하기까지 했다. 결국 자매의 가족은 협박과 2차 피해에 시달리던 끝에 하는 수 없이 고소를 취하하고 언니는 5년 간 정신과 치료를 받다가 죽음을 선택했다.

2009년 8월 28일 오후 8시 18분 18층 빌딩에서 몸을 던졌다. 자신이 뛰어내릴 빌딩을 사전답사하고 뛰어내린 시각까지 정확히 맞췄다. 가해자와 세상을 향해 '18'이란 분노를 표출한 것이었다. 그녀가 남긴 유서형식의 메모에는 '난 그들의 노리개였던 것이다.' '더 이상 살 이유가 없다.'는 내용이 적혀 있었다. 언니에게 아르바이트를 소개했던 동생도 죄책감에 시달리다 언니가 사망한지 6일 만에 '엄마는 강하니까, 엄마는 복수하고 와라, 우리 원수 갚고 20년 후에 만나요.'라는 글을 남기고 자살했다. 가해자들은 그 후로도 방송국 수목드라마와 아침드라마, 일일드라마의 단역관리 반장으로 일하면서 "대질심문 결과 여자와 그의 엄마가 꽃뱀인 걸로 판정됐다."라며 자신들의 무고를 주장했다. 피해자만 있고 가해자는 사라진 사건이었다. 진실을 밝히기 위해서는 목숨을 던지는 방법밖에 없는 것일까⋯⋯. 어쩔 수 없이 그런 생각이 들었다.

■ 단역배우 자매 자살 사건 제발 재조사를 해주세요.

　방송국에서 백댄서로 활동하던 A, 방학을 맞아서 친언니에게 단역
배우 아르바이트 권유를 함. 아르바이트를 하던 언니 4개월 후 정신
이상 징후가 보이는 행동을 보임. 결국 정신병원을 가고 그곳에서 집
단 성폭행을 당했다는 충격적인 증언을 함. 어머니 경찰에 가해자들
을 고소. 경찰서에서 수사관들에게 성희롱 및 가해자들과 분리하여
수사를 안 하고, 오히려 성희롱 발언도 하였다고 함. 이러한 경찰의
수사과정을 괴로워하여 결국은 고소 취하. 성폭행을 한 가해자들 다
풀려남. 그리고 행복하게 아무런 일 없이 잘사는 가해자들.

　이 일이 있은 후 5년 뒤 피해자 자살, 언니 자살로 충격 받은 동생
도 자살, 두 딸 자살 후 충격을 받은 아버지 한 달 후 뇌출혈로 사망,
홀로 남은 어머니 손해 배상 소송. 그러나 소멸 시호 3년이 지나서 패
소, 기각. 홀로 남은 어머니, 일인 시위 시작, 가해자들이 오히려 어머
니를 명예훼손으로 고소. 다행히 어머니가 승소함. 그러나 여전히 가
해자들과 부실 수사를 한 사람들은 잘삽니다. 그 가해자들은 여전히
공중파 3사에서 일을 하고 있습니다. 반드시 진실을 밝혀 주십시오.

　한 네티즌이 올린 국민청원은 2018년 3월 3일에 시작되어
4월 2일 마감되기까지 222,770명의 동의를 얻었다. 진상 규명
과 엄중한 처벌을 바라는 국민에게 청와대는 경찰청에서 진
상조사 TF를 꾸려 사건 전반을 검토 중에 있다고 밝혔다. 수
사 중 성폭력 피해자 보호 및 2차 피해 방지에도 미흡했고 제
대로 이행되지 않았다고 말했다. 재수사에 관해서는 공소시효

가 지났고 수사기록도 폐기되어 현행법상 재수사에 어려움이 있는 것이 사실이지만 당시 피해자 변호인 진술 등 관련 자료를 최대한 찾아 면밀히 검토하고 있으며 또한 당시 수사를 담당하였던 경찰관들을 상대로 수사에 과오가 없었는지도 조사를 진행하고 있다고 했다. 어쩐지 장자연 사건에 대한 대답과 별반 다를 게 없는 답변이었다.

역시나⋯⋯. 이 사건은 첫 번째 조사와 마찬가지로 2차 조사에서도 난항을 겪었다. 이미 공소시효가 끝난 사건인데다 고인이 된 피해자가 생전에 고소를 취하했다는 이유로 다수의 가해자가 조사에 불응했다. 두 차례에 걸친 조사에서도 가해자와 가해 행위는 밝혀지지 않았다. 한 가지 다행한 사실은, 일부 가해자가 피해 자매의 어머니를 명예훼손으로 고소한 사건에 대해 법원이 큰 딸의 성폭행 피해 사실을 사실상 인정했다는 것이다. 법원은 이 사건에 대해 '공권력이 범한 참담한 실패'라고 규정하며 어머니에 대해 무죄를 선고했다. 큰 딸의 일기장 등에 성폭행과 관련된 매우 자세한 기록이 있었기 때문이었다.

여전히 1차 조사를 맡았던 경찰에 대한 조사는 제대로 이루어지지 않고 있다. 당시 12명의 가해자들은 조사에 매우 불성실하게 임했고 혐의를 부인했다. 경찰도 이를 방조했고 경찰이 사실 관계를 입증하겠다며 수사를 벌인 대상은 오히려 피해자였다. 과거 이런 과오를 저질렀던 경찰은 재수사에도 실패했다. 두 자매의 자살이 가해자들이 범한 성폭력뿐만이 아니라, 조사 과정에서 있었던 2차 피해 때문이라는 사실을 제대로 인정하지 않았고, 재수사에 실패한 원인은 언니가 정신질환을 앓고 있어 일관된 진술을 하지 못했기 때문이라며 구차한 변명을 늘어놓았다.

대부분의 범죄 사건에서는 가해자가 얼굴을 들지 못한다. 그런데 유독 여성이 피해자인 성폭력 범죄에서는 가해자가 활개를 치고 공권력조차 가해자의 편이 된다. 단역배우 자매 사건의 피해자는 정신질환자라서 피해 사실에 대해 의심을 받았고, 어느 정치인과 관련된 사건의 피해자는 똑똑한 전문직 여성이라서 피해 사실을 의심 받았다. 도대체 그들이 원하는 성폭력 피해자의 모습은 무엇인지 묻고 싶었다.

재수사에도 뚜렷한 성과를 거두지 못하자 '단역배우 두 자매 자살사건에 대해 공개수사를 청원합니다.'라는 글이 청와대 국민청원 게시판에 다시 올랐다. 청원인은 재수사가 수포로 돌아갈 가능성이 크다는 것을 듣고 도저히 믿기지 않아서

청원을 하게 되었다고 했다.

비슷한 시기에 국민청원에 오른 또 하나의 사건이 있었다. 20만 명의 동의를 얻지는 못했지만, 꽤 여러 사람에 의해 수차례 청원이 됐던 사건이다. 바로 제2의 장자연 사건이라고도 불린 '별장 성 접대' 사건이다. 가해자가 또 이긴 이 사건은 한 방송사의 시사프로그램이 방영되는 도중 글을 올린 청원자도 있었고, 4월 방송 직후에만 6건, 5월과 7월에도 청원이 올라왔다. 청원자들은 선량한 부녀자들을 별장으로 유인한 뒤 특수약물을 먹여 정신을 잃게 한 뒤에 강간하고 협박하여 성 접대에 참여시키거나 성노예로 삼았다면서 천인공노할 가정파괴 사건을 철저히 재수사해달라고 했다. 또한 강간, 마약, 폭행 등 심각한 인권유린의 현장이 고스란히 담겨 있었던 동영상이 버젓이 있었는데도 사건을 담당했던 서울중앙지검의 검사들이 불기소했다며, 현직 변호사로 살고 있는 관련자들을 철저히 조사해달라며 격노했다.

피해자에게 "다 잊고 살라고. 그냥 사세요."라고 말하는 검사가 있는 나라의 국민이고 싶지 않다는 의견과 그들 같은 범죄자가 득실거리는 세상에서 우리의 딸들을 키울 수 없다는 탄원도 있었다. 멀쩡한 여성들을 성 노리개로 만든 이 사건은 한 건설업자와 고위 공직자, 그리고 검사들의 합작품이었다. 21세기 대한민국에서 이런 일이 또 일어났다는 사실이 그저 놀라웠다.

2013년 세상을 발칵 뒤집은 일명 '별장 성 접대 사건'의 발단은 엉뚱한 데서 시작되었다. 2년 전 건설업자였던 Y 회장과 여성사업가 G의 불륜 동영상이 Y 회장의 아내에게 발견되면서 두 사람은 간통죄로 고소당했다. 여성사업가 G는 Y 회장이 자신에게 약물을 먹이고 성관계를 맺은 뒤 협박해 15억 원대의 돈과 외제차를 빼앗았다며 Y 회장을 고소했다.

경찰은 성폭행 부분은 무혐의 처분하고 동영상 촬영 등의 혐의는 기소 의견으로 검찰에 송치했다. 그 후 검찰 내부에서 최고 간부급 인사의 성관계 동영상이 존재한다는 소문이 돌기 시작했다. 경찰은 특별수사팀을 꾸렸고, Y 회장의 조카가 문제의 동영상을 보관하고 있다는 첩보를 입수하고 동영상 압수수색에 나섰다. 그리고 강원도 별장에서 이뤄진 은밀한 성 접대 장면이 담긴 문제의 1분 40초짜리 동영상을 입수했다. 대한민국은 발칵 뒤집혔다. 검찰 내부의 소문이 세상에 드러나는 순간이었다. 동영상 속 문제의 인사는 당시 박근혜 정부의 초대 법무부 차관이었다.

경찰은 동영상이 찍힌 장소가 건설업자 Y 회장의 소유로 되어 있는 강원도 원주의 고급 별장이며, Y 회장은 2010년 초부터 주말이나 휴일에 사회 고위층 유력 인사들과 골프를 친 뒤 이 별장에서 술자리를 열고 성 접대를 해왔다는 사실을 확인했다. 별장에서는 가면과 쇠사슬이 발견되었고 전, 현직 고위 공무원과 대학병원 병원장, 금융계 인사들의 성 접대에 주부, 사업가, 예술가, 모델, 탤런트, 연예인까지 동원되었다는 증언도 확보했다. 경찰은 건설업자 Y 회장의 별장에서 성 접대를 한 여성 3명의 머리카락을 뽑아 국립과학수사연구원에 보냈고 여성 1명의 모발에서 필로폰 성분이 검출됐으며 나머지 두 명의 머리카락에서도 마약 성분이 검출됐다고 밝혔다. 성 접대에 동원되었던 일부 여성들의 증언을 통해 전 차관 역시 성 접대를 받았다는 사실이 확인되었다.

경찰은 전 차관과 건설업자 Y 회장에게 성관계 촬영과 특수 강간 등의 혐의를 적용해 검찰에 기소 의견을 냈다. 하지만 검찰은 소환조사도 없이 성폭행의 증거가 불충분하고, 동영상 속 두 남녀를 특정하지 못한다고 결론짓고 모두 무혐의 처리했다. 동영상을 본 사람이라면 누구라도 동영상 속 인물을 식별할 수 있다는데 검찰의 눈은 그렇지 못했다. 대신 검찰은 Y

회장이 사업낙찰을 위해 대형건설사 임원에게 금품을 건넸다며 배임 등의 혐의로 기소해 500만 원의 벌금형만을 선고했다.

2014년 동영상 속 여성이 바로 자신이라고 밝힌 피해여성이 나타났다. 그녀는 전 차관과 건설업자 Y 회장을 재수사 해달라며 고소했다. 하지만 이 사건은 앞서 두 사람을 무혐의 처분한 검사한테 다시 배당되었다. 논란이 일자 검찰은 수사 검사를 교체했지만 교체된 검사 역시 전 차관과 Y 회장을 단 한 차례도 소환조사하지 않고 전과 같은 이유로 무혐의 처분을 내렸다. 사회 고위층이 연루된, 위계와 권력이 관련된 성 접대 사건에서는 피해자는 있지만 가해자는 없는 불가사의한 상황이 도돌이표처럼 반복된 것이다. 성 문제에서 만큼은 미개한 수준을 답보하고 있는 권력층과 그들을 비호하는 세력들을 보면서 나는 국민청원 게시판에 접속해 '동의' 버튼을 눌렀다.

마지막 기회

2018년 여름이 막 시작될 무렵이었다. 내 인스타그램으로 누군가 DM(디지털 메시지)을 보냈다. 한국 M방송사의 탐사 보도 프로그램 제작팀이었다. 7월에 방송할 '장자연 사건'을 준비 중이며, 9년간 풀리지 않았던 사건의 실체를 파헤친다고 했다. 2008년 있었던 전 ㅈ일보 기자 출신 C의 성추행 혐의에 대한 인터뷰 요청이었다. 나는 캐나다로 돌아온 이후, 조용히 숨어 지냈다. 그런 나를 찾아내 연락을 하다니 대단하다는 생각이 들었다.

꼭 연락 부탁드립니다.

가능하신 정도까지 만이라도 말씀을 여쭙고 싶습니다. 부탁드립니다.

기다리고 있겠습니다.

감사합니다.

나는 가족들과 상의를 했다. 가족들은 더 이상 그때의 사건에 연루되지 않았으면 좋겠다고 했다. 그래도 인터뷰에 응하는 것이 도리이지 않겠냐는 내 말에, 엄마는 내키지 않아 했다. 그간의 트라우마로 힘들어하는 내 모습을 고스란히 지켜보며 더 힘들어했던 엄마로서는 당연한 반응이었을지 모른다.

인터뷰를 하려는 나를 극구 만류했다. 맥이 풀렸다. 나는 정신과 치료가 끝난 후 결심했었다. 앞으로는 행복하게 살아가며 좋은 모습을 보여주겠다고. 그것이 하늘에 있는 자연 언니에게, 내가 힘들어하던 모든 과정을 지켜보며 함께 아파했던 가족과 친구들을 위한 일이라고 믿었다. 나는 취재진의 문자에 고민을 하다 답을 했다.

그냥 연예계 생각, 미련 없이 인터뷰하고 싶은 심정이 요새 들었긴 합니다만, 제 경험 상 오히려 기자분들께서 본인의 멋대로 악마의 편집하고 왜곡된 보도로 곤욕을 치룬 바 있습니다. 한국을 떠난 지 몇 년이 흘렀구요.

나는 인터넷 기사를 잘 보지 않아 한국 소식을 잘 모른다며 둘러댄 후 생각할 시간을 좀 달라고 했다. 취재진에게서 다시 연락이 왔다.

네 그럼요. 감사합니다.
편하게 연락 부탁드립니다.
정리되실 때까지 기다리겠습니다.
부탁드립니다.
기다리고 있겠습니다.

감사합니다.

나는 취재진을 잘 믿지 않는다. 인터뷰의 진의를 훼손시키는 편집에, 선정적인 헤드라인으로 시선만 끌려는 불손한 의도들이 경박스럽게 여겨졌기 때문이다. 그리고 피해자를 배려하지 않는 무례한 태도와 마구잡이식 질문에도 염증을 느꼈었다.

자연 언니가 출연했던 영화가 개봉될 즈음에도 그랬다. '故 장자연 유작 XXXXX XXX, 무삭제 개봉 결정'이라는 헤드라인을 단 기사들이 터져 나왔다. 생전의 언니와 마지막으로 이야기를 주고받았던 그때, 베드 씬에서 노출강도가 높아 괴롭다고 했던 바로 그 영화였다. 시사회에서는 언니의 정사신과 자살 장면이 들어 있어 선정성 논란과 함께 죽은 사람을 마케팅에 이용한다는 비난도 일었다. 내가 보기에는 기사거리를 제공하는 쪽이나 그 내용을 보도하는 쪽이나 '장자연'이라는 이름으로 덕을 보고 있다는 생각이 들었다. 그들이 써내려간 선정적이고 자극적인 기사 속에서 언니는 여전히 웃고 있었지만, 매번 다시 죽음을 맞았다. 펜은 칼보다 강하다지만, 세상을 변화시킬 펜은 흔치 않은 듯 했다.

나는 인터뷰를 거절할 심산이었지만 한 가지가 내내 마음에 걸렸다. 자연 언니가 죽은 지 벌써 9년, 당시에는 그렇게 더디 가던 시간들이 어느새 빠르게 흘러버렸다. 언니의 죽음으로, 밝혀진 것도 달라진 것도 없었다. 한국 내의 분위기는 사건을 재수사하는 것으로 가닥을 잡고 있었고, 그렇다면 인터뷰에 응하는 것이 언니의 죽음을 밝히는 마지막 기회가 될지도 모른다는 생각이 들었다.

사건의 실체가 규명되어 언니를 편히 잠들게 하고 싶었고 나도 언니에 대한 죄책감과 채무감에서 벗어나고 싶었다. 나는 가족들을 설득했다. 잠깐의 인터뷰로 다시 내가 힘들어지거나 아픈 일은 절대 일어나지 않을 것이라고도 했다. 가족들에게 이런 말을 하는 내 스스로가 놀라웠다. 어쩌면 이런 용기는 그 멀고 험한 길을 무사히 빠져나온 사람만이 할 수 있는 것인지도 모른다고 생각했다.

나는 캐나다에서 취재진을 만났다. 그들은 국내의 분위기와 여론을 들려줬다. 자신들은 새롭게 드러난 외압의 정황과 의혹으로 남은 부실수사에 대한 취재도 병행하고 있다고 했다.

나는 카메라 앞에 앉았다. 취재진은 대표 K가 몇 번이나 식사자리며 술자리에 불렀는지 물었다. 나는 당시의 상황을 설명했고, 그들은 사진을 보여주며 만난 적이 있는 사람을 지목해달라고 했다. 사진 속에는 나와 대질신문을 했던 B와 성추행 사건으로 조사를 봤던 C도 있었다. 시간이 흘렀지만 그들에 대한 기억은 여전히 또렷했다. 인터뷰는 다시 C의 성추행 사건으로 넘어갔고 나는 당시 언니가 입었던 옷이며 당시 술자리의 좌석 배치까지 그려서 보여주었다. 한 번에 오랫동안 인터뷰를 하는 것은 생각보다 힘들었다. 몇 차례인가 시간을 나눠가며 비교적 짧은 일정 안에 인터뷰를 마칠 수 있었다.

나는 마지막 인터뷰에서 과거에도 내가 아는 것에 대해 모두 증언을 했는데 누구하나 처벌 받지 않은 것에 대해 분노한다고 말했다. 언니를 죽음으로 몰아간 사람들은 진실을 알고 있을 것이라는 말로 인터뷰를 끝냈다.

취재진과 헤어져 집으로 돌아왔다. 마음이 동요되거나 힘들지 않았다.

그로부터 두어 달 후 MBC PD수첩에서 〈故 장자연〉 1부를 방송했다. 나는 방송 서비스를 통해 내용을 확인했다. 영상 속에서 인터뷰를 하는 내 얼굴은 부옇게 가려져 있었고, '윤지오'라는 이름 대신 '김지연'이라는 가명으로 방송되고 있었다. 방송에서는 골프여행에 동행했던 모 회장이 김밥 값이라고 돈을 줬다는 경찰의 증언이 나왔고, 성추행 의혹을 받는 C는 취재진이 자신의 차량에 가까이 다가가 질문을 이어가자 "공간을 침범했다."며 휴대전화로 촬영을 하며 "나중에 법원에서 봅시다."라는 말을 남기고 서둘러 떠나는 장면이 담겨 있었다. 그의 아내가 검찰에 소속되어 있다는 내용도 방송을 탔다. 그리고 태국에서 골프 접대를 받았다는 PD는 취재진에게 "개X 같은 소리"라고 화답했고, 종합편성채널의 대표이사는 언니

어머니의 기일에 그녀를 만났다는 내용도 소개되었다. 취재진은 이른바 '장자연 리스트' 속 인물들을 찾아다니고 있었다.

언니는 죽고 나는 병들었지만 그들은 여전히 아무렇지도 않게 잘 살고 있는 모습을 보면서 마음이 상했다. 아무튼 어느 언론에서도 하지 못했던 그 방송의 실명 보도는 정말 충격적이었고 놀라웠다. 한국 포털 사이트에서는 방송 당시 실시간 검색어로 이들의 이름이 오르내렸다는 기사도 읽었다. 실명을 거론함으로써 이 사건의 관계자들이 누구인지 보다 분명해졌고, 그렇기 때문에 국민의 분노를 통해 이 사건의 진상규명에 새로운 에너지를 불어넣었다는 평가도 확인했다.

〈故 장자연〉 2부에서는 수사팀이었던 경찰 관계자가 상부의 부적절한 개입 의혹이 있었다고 폭로했고, 당시의 경찰청장은 수사 대상이었던 언론사측에서 정권을 운운하며 거칠게 항의해 모욕감을 느꼈고, 협박으로 느껴졌다고 술회했다. 방송 후 후폭풍이 예상되었다.

역시나 수사 대상이었던 언론사는 허위 보도로 명예를 훼손했다며 제작진과 방송사에 정정보도 청구와 민형사상 소송 등 법적 대응에 나설 것임을 알렸고, 또 방송 내용을 사실 확인 없이 인용 보도하는 언론사에 대해서도 책임을 물을 것이며, 전 경찰청장에게도 법적 대응에 나설 방침이라고 했다.

진실도 때로는 사람을 다치게 할 때가 있다. 하지만 그것은 머지않아 치료를 받을 수 있는 상처라고 나는 믿는다. 오히려 침묵하는 진실은 독이 되는 법. 나는 인터뷰에 응하길 잘 했다고 생각했다. 사건이 발생한 지 9년이 지나 새롭게 밝혀진 내용들이 사건의 실체를 규명하는 데 새로운 에너지가, 그리고 기폭제가 되기를 빌었다.

재수사

2018년 2월 법무부 검찰 과거사위원회는 과거에 인권침해 및 검찰권 남용 의혹이 있는 사건 12건을 1차 사전조사 대상 으로 선정했다고 밝혔다. 대검찰청 진상조사단이 사전조사를 한 후에 처리실태 등에 문제가 있었다고 판단하면 과거사위 원회가 본 조사를 권고하여 관할 검찰청이 재수사를 하게 되 는 과정이었다.

검찰 과거사 위원회가 선정한 1차 사전조사 대상사건은 ▲ 김근태 고문사건(1985년) ▲형제복지원 사건(1986년) ▲박 종철 고문치사 사건(1987년) ▲강기훈 유서대필 사건(1991 년) ▲삼례 나라슈퍼 사건(1999년) ▲약촌오거리 사건(2000

년) ▲PD수첩 사건(2008년) ▲청와대 및 국무총리실 민간인 불법사찰 의혹사건(2010년) ▲유성기업 노조파괴 및 부당노 동행위 사건(2011년) ▲서울시 공무원 유우성 사건(2012년) ▲김학의 차관 사건(2013년) ▲남산 3억 원 제공 의혹 등 신 한금융 관련 사건(2008년, 2010년, 2015년) 12건이었다. 언니 의 이른바 '장자연 사건'은 1차 조사 대상에 없었다.

검찰 과거사위원회의 발표가 있자 누리꾼들은 '장자연 사 건'을 사전조사 대상에 포함시키라며 촉구하고 나섰다. 언니 의 사건은 얽히고설킨 권력형 범죄의 대표적인 사례이며, 약 자와 여성인 피해자에게 집단적 2차 가해까지 가해진 성범죄 였다. 여론은 언니의 사건을 사전조사 대상에 포함시키는 것 이 권력형 범죄와 성폭력 사건에 사법정의를 실현하는 최후 의 보루라고도 했다. 언니의 사망 9주기를 앞두고는 이런 의 견이 더욱 거세어졌다. 때마침 확산되기 시작한 미투 운동도 불씨를 되살리는 데 한몫하고 있었다. 미투 운동(#ME TOO) 이 SNS를 기반으로 확산되었던 것처럼 여론은 전에 없던 폭 발력을 갖고 번져나갔고, 언니의 이름은 며칠간 포털 사이트 의 실검을 장악하면서 국민청원도 줄을 이었다.

마침내 4월 2일, 검찰 과거사위원회는 ▲장자연 리스트

(2009년) ▲춘천 강간살해 사건(파출소장 딸 살인사건, 1997년) ▲엄궁동 2인조 살인사건(낙동강변 2인조 살인사건, 1990년) ▲정연주 KBS 사장 배임 사건(2008년) ▲용산 지역 철거 사건(용산 참사, 2009년) 5건을 2차 사전조사 대상에 포함시키겠다고 발표했다.

사전조사 대상에 포함되었다고 해서 재수사가 보장되는 것은 아니었다. 한 언론은 재수사 결정이 녹록치만은 않은 상황임을 관계자의 입을 빌어 전했다. 검찰 내부에서 재수사 가능성은 낮다고 생각한다는 것이었다. 리스트를 작성한 장자연 본인이 사망한데다 리스트도 온전히 확보하지 못했고, 공소시효가 대부분 지나버렸기 때문이라고 했다. 그만큼 검찰 내부에서도 해도 나올 게 없다는 생각이 팽배하다고 검찰 내부의 분위기를 전했다. 하지만 국민청원에서 이미 증명된 민중의 힘을 거스를 수는 없었던 것 같다. 전 국민이 그 이름을 알 정도로 떠들썩한 '장자연 사건'은 그만큼 재수사의 염원이 담긴 사건이었고, 검찰은 재수사에 착수할 수밖에 없는 외통수에 몰린 것처럼 보였다.

같은 해 6월, 법무부 검찰 과거사위원회는 마침내 '장자연 사건'의 재수사를 권고했다. 검찰은 반드시 기소를 해야 하는

게 과거사위원회의 목적은 아니며, 사회적으로 납득을 받지 못한 사건을 다시 조사하는 게 주된 목적이라고 했다. 그런 측면에서 '장자연 리스트'에 대한 수사는 당시 '권력 집단'의 잘못된 문화에 경종을 울릴 수 있다는 점에서 가치가 있고, 기소 여부와 관계없이 주요 언론사와 대기업 오너들을 수사에 부르는 것만으로도 가치가 있다는 것이었다.

검찰은 장자연 리스트 중 공소시효가 임박했던 전직 기자 출신 C의 강제추행 혐의에 대해 재수사를 시작했다. 강제추행의 공소시효는 10년, 사건이 일어난 날이 2009년 8월 5일이었기 때문에, 공소시효 만료를 두 달 앞둔 시점이었다. 공소시효가 남아있으면 형사 처분도 가능하다. 재수사는 처음 수사를 맡았던 수원지검 성남지청이 아닌 서울중앙지검으로 이관되었다. 피의자 주거지와 범행 장소의 관할권이었기 때문이다.

검찰은 C를 피의자 신분으로 4차례나 소환해 조사했고, 그를 불구속 기소했다. 다행히 9년 전과는 다른 결과였다. 재수사를 맡은 검찰은 추행을 눈으로 직접 본 목격자 진술이 일관되고, C를 비롯한 관련자들이 실체를 왜곡하려는 정황을 명확히 확인했다고 기소 이유를 밝혔다. 하지만, 그때까지도 'C의 강제추행' 외에 '성상납 의혹 및 리스트'에 대한 재수사는 시작도 못한 상황이었다.

8월이 되면서 '장자연 사건'의 공소시효는 모두 끝나 버렸다. 이에 대해 검찰은 사건이 발생한 지 시간이 너무 많이 지나 처벌이 불가한 상황이라 검찰 수사에도 한계가 있다고 했다. 단서로 남은 총 7장의 장자연 문건은 실명과 일부 지워진 이름이 존재하지만 리스트 형태는 아닌데다, 해당 리스트의 진위 여부를 가릴 증거들도 부실하다는 것이었다. 그리고 핵심 증인인 장자연이 이미 고인이 됐고, 전 매니저와 지인, 관련된 연예관계자들의 진술이 엇갈리는 부분이 많아 사실 확인이 어렵다고 했다.

더 큰 문제는 '장자연 사건'의 공소시효가 10년이라서 나머지 성상납 의혹 및 리스트 재수사는 불가능하다는 것이 법조계 중론이었다. C와 함께 술자리에 있었던 사람들의 경우 C가 기소되었기에 공범죄 등으로 공소시효가 연장될 수 있지만, 그 외의 인물들은 성추행을 한 것이 밝혀지더라도 기소를 하지 못해 처벌이 불가하다는 의미다. 그러면서 재수사는 성상납 의혹이 아니라, 당시 사건을 담당했던 경찰과 검찰을 수사하는 쪽으로 가닥을 잡았다는 이야기들이 나오기 시작했다. 국감에서는 장자연 사건의 수사내용을 은폐한 담당 검사도 그에 합당한 징계조치 및 사법 처리가 있어야 한다는 지적이 나왔고, 법무부 장관은 사실 관계를 확인한 후 고의성이 있다면 상응하는 조치를 취하겠다고 답했다.

재수사를 통해 밝혀낼 수 있는 것이 'C의 성추행'과 '검경의 고의적인 사건 축소와 부실수사' 정도라니……. 성상납에 대한 규명과 연루된 자들의 처벌은 불가하다는 사실에 실망스러웠다. 하지만 성추행으로 기속된 C의 잘못이라도 확실히 밝혀내야 한다는 생각이 들었다.

사실 '장자연 사건'의 재수사가 시작되면서부터 나는 한국의 검찰과 전화로 참고인 진술을 하고 있었다. 그리고 C의 재판에 증인으로 출석해달라는 요청도 받았다. C의 첫 공판은 11월에 시작된다고 했다. 나는 캐나다에서 1차 공판에 참석한 C의 뉴스를 봤다. 그는 취재진들에게 자신의 혐의를 부인하고 있었다. 법정에서도 당시 술자리에 장자연과 동석했던 것은 인정하지만, 추행할 수 있는 상황이 아니었다 하며 검찰이 적용한 강제추행 혐의를 완강히 부인했다는 내용도 전해졌다. 나는 12월 초에 열리는 2차 공판에 출석하기 위해 검찰과 일정을 조율했다. 그리고 11월 27일, 서울 행 비행기를 타서 마침내 18시간 긴 비행 끝에 인천 공항에 도착했다.

13번째 증언 II

　나는 피의자 C의 '강제추행 사건'의 검찰 측 증인이었다. 1차로 검찰 측 증인 신문이 끝나고 피의자 C의 변호인단 반대 신문이 시작되기 전에 나는 증인대기실로 돌아와 휴식을 취했다. 십 분 정도 여유가 있었다. 드라마나 영화에서 보던 것과는 달리 증언은 쉽지 않았다. 열두 번이나 경찰과 검찰에 나가 진술을 했지만, 법정에 출두한 것은 이번이 처음이었다. 재판부를 마주하고 증인석 양쪽에는 검찰과 피의자 측 변호인단이 자리한다. 그 사각의 울타리 안에서 느껴지는 심리적 압박과 긴장은 생각보다 심했다.

　휴정 시간이 끝나 다시 법정으로 들어갔다. 피의자 측 변호인은 신문에 앞서 내게 미안하다는 말을 했다. 피의자의 변호인이다 보니 나의 증언에 반하는 사실들을 물을 수밖에 없다는 말인 것 같았다. 한차례 폭풍이 몰아닥칠 것을 예고하는 것 같았던 서두와는 달리 반대신문 시간은 지루하게 흘러갔다. 언제까지 성추행 사건과는 직접적으로 관련이 없는 무수한 질문에 답을 해야 하는 것인지 화가 날 때쯤 변호인은 진술조서의 한 페이지를 스크린에 띄었다. 결국은 또, 내가 성추행을 했다고 지목한 인물이 애초에는 H 대표였다가 C로 변경되었다는 그 대목으로 초점이 맞춰지고 있었다.

변호사는 내가 'H가 아닌 C'로 피의자를 정정하면서 여러 차례 증언을 번복했고, 그래서 '증언의 신빙성'이 낮다는 것을 증명하려 했다. 내 증언 사이사이 검사 측과 변호인 측의 공방이 오갔다.

2009년 당시 수사검사가 C를 무혐의 처분하기까지, 내가 여러 차례 진술을 번복했다는 것은 사실과 다르다. 내가 '장자연에 대한 성추행 사건'을 처음 진술한 것은 경찰의 1차 수사에서였다. ㄷ엔터 대표 K의 술 접대에 관해 조사하던 경찰은 술자리에 있을 때 여성으로서 수치심을 느낄 정도로 모욕을 당한 적이 있는지 물었다, 나는 그때 대표 K의 생일에 그런 일이 있었다고 답했다. 테이블에 자연 언니가 올라가서 춤을 출때 손님 중에 신문사 사장님이 자연 언니의 손목을 잡아 당겨 자기 무릎에 앉히고 강제 추행을 하자 언니가 하지 말라고 한 뒤 자리로 돌아갔다는 진술을 했다. 경찰은 그 일이 있었던 일시와 장소, 그의 인적사항, 참석인원에 대해 다시 질문했다. 나는 날짜는 잘 모르겠고 청담동 가라오케이며 어느 신문사인지 모르지만 나이는 약 50대 초반으로 일본어를 유창하게 잘 했고, 당시 5명 정도가 있었다고 했다. 경찰은 이 건에 대해 더 이상 질문하지 않았다.

그리고 2차 조사에서 경찰은 성추행 사건에 대해 다시 일시 및 장소, 참석인원을 물었고, 신문사 사장이 누구인지 특정할 수 있느냐고 했다. 나는 정확한 날짜는 기억이 나지 않지만 카키색 반팔 티셔츠에 청바지를 입고 갔으니 여름이고, 사무실 3층 VIP홀에서 직원들과 소속 연예인, 자연 언니가 참석을 하고, K가 부른 ㅁ사 대표 H와 투자사 대표 B가 참석해 저녁을 먹었다고 했다. 그리고 밤 9시경 2차로 가라오케에 갔다고 진술했다.

자연 언니가 입은 옷에 대해 묻기에 2009년 2월 27일 백상예술대상에서 입었던 드레스여서 정확이 기억한난다고 답했다. 경찰은 ㅁ사 대표 H와 투자사 대표 B의 인상착의에 대해 진술하라고 했다. 나는 H의 나이는 약 40대 중반, 신장은 약 168cm 정도, 체격은 보통, 안경은 착용하지 않았고 얼굴이 넓으면서 긴 편, 머리스타일은 그 당시 하이칼라 형으로, 양쪽 머리는 짧고 윗머리는 긴 편이며 밝은 계통의 남방을 입은 것으로 기억한다고 했다. 그리고 투자사 B 대표에 대해서도 진술했다.

경찰은 자연 언니가 평소에도 테이블 위에서 춤을 추는지 물었다. 나는 자연 언니가 테이블에 올라가서 춤을 추는 것은 그날 처음 보았고, 아마도 대표의 생일이기 때문에 흥을 돋우기 위해 테이블에 올라간 것 같다고 답했다. H가 장자연에게 어떤 행동을 했느냐는 물음에는 1차에서와 똑같이 성추행에 대해 진술했다. 경찰은 H의 행동을 보고 대표 K나 B는 가만히 있었냐고 물었다. 나는 K나 B는 말리거나 다른 행동은 하지 않았고, 조금 후에 노래를 부르고 춤을 추었다고 했다.

3차 조사에서는 경찰이 가라오케의 사진을 보여주며 생일 파티를 했던 장소가 맞는지 물었다. 그렇다고 하니 술자리 배치에 대해 물었다. 좌석이 ∩ 모양이라면 안쪽 가운데 쪽에 K, 왼쪽에 나, 자연 언니, 반대편 안쪽에 B, H 순으로 앉았다고 설명했다. 추행이 있고나서는 언니가 K의 오른쪽으로 가서 앉았고, B가 노래를 부르는 동안 H가 언니 옆에 앉아있던 상태였다고 말했다. 잠시 후 경찰은 42명의 사진을 보여주면서 그 안에 H가 있는지 물었다. 보여준 사진 중에는 2, 4, 15번이 비슷한데 누구인지 사진상으로는 구분이 되지 않는다고 답했다.

집에서 조사를 받았던 4차에서 경찰은 H에 대해 1차 진술에서는 어느 신문사인지 모르고, 나이는 약 50대 초반으로 일본어를 잘 했다고 했는데 H의 인상착의 및 일본어를 잘 한다는 것을 어떻게 알게 된 것이지 설명하라고 했다. 나는 신문사에 있다는 대표 K의 말이 생각나 집에 있는 명함 중 신문사는 H밖에 없어서 그렇게 특정하게 되었다고 말했다. 인상착의에 대해선 2차에서 말한 바와 같고 실제로 보면 알 수 있다고 말했다. 일본어를 잘 한다고 말한 것은 H가 아니고 다른 곳에서 만난 다른 신문사 회장과 헷갈려서 그렇게 말한 것 같다고 설명했다. 그리고 H는 가라오케 술자리에서 한번도 노래를 하지 않았고, 자연 언니에게 "팔뚝에 근육이 있으면 보기 싫다."라고 하자 언니가 "요즘에 운동을 해서 그렇다."라고 했고, 다시 H가 "옷차림을 그렇게 하고 다니면 남자들이 쉽게 본다."라면서 비아냥대는 말투로 이야기를 한 후 "꽃이 활짝 핀 것보다 꽃봉오리가 좋다."는 말을 해서 언니가 기분이 상했던 것 같다고 덧붙였다. 그래서 내가 언니에게 "이런 말을 듣고 있어야 해?"라고 했더니 언니가 한숨을 쉬면서 "너는 손톱의 때만큼도 모른다."는 말을 한 후 테이블에 올라가 춤을 추었다고 했다. 경찰은 H가 일본어를 유창하게 잘 한다고 진술한 것이 일본 노래를 잘 했던 모 신문사 회장과 착각한 것이냐고 다시 확인했다. 나는 그렇다고 대답했다. H는 일본어를 구사하지 않았고, 일본 노래도 하지 않았으며 노래도 부르지 않고 이야기만 나누었다고 진술했다.

경찰의 5차 조사에서는 먼저 4회까지의 진술조서를 확인했다. 그다음 경찰은 어떤 사유로 H를 지목하게 됐는지 물었다. 내 기억으로는 성추행을 저지른 사람을 대표 K가 신문사라고, 신문사 사장이라고 소개를 했기 때문에 집에 가서 모아둔 명함을 찾아보니 ㅁ사 H 대표 명함이 있어서 생일에 자연 언니에게 성추행을 저지른 사람이 H라고 지목했다고 설명했다. 똑같은 말의 반복이었다.

경찰은 장자연을 추행한 신문사 대표가 누구인지 확인하겠다며 2명의 동영상을 보여주었다. 두 사람의 동영상 중 추행을 한 사람이 있는지 물었다. 나는 첫 번째 본 동영상 속 사람이라고 대답했다. 경찰은 "진술인이 지목한 사람이 ㅁ사 대표 H인가요?"라고 물었다. 나는 두 사람 중에서 첫 번째 사람이 파티에 온 사람이고 자연 언니가 테이블 위에서 노래를 부를 때 손목을 잡아당긴 사람이라고 대답했다. 경찰은 "동영상을 보여준 두 사람 중에서 첫 번째 사람을 ㅁ사 대표 H라고 지목했는데 그 사람은 사실 C이고, 진짜 ㅁ사 대표 H는 두 번째 사람"이라고 했다. 어떻게 신문사라는 말 때문에 두 사람을 혼동할 수 있냐는 말에 나는 "경찰이 생일에 참석했던 사람들 사진을 미리 보여주었다면 이런 일은 생기지 않았을 것"이라고 답했다.

경찰은 C의 직업이 무엇이라고 소개 받았는지 물었다. 기억으로는 신문사에 있다는 말을 들었고, 기자라는 것을 들은 기억은 나지 않는다고 했다. 나는 대표 K가 만나는 사람들이 대부분이 대표이기 때문에 생일파티에 기자가 왔을 것이라고는 생각조차 할 수 없어서 집에 있던 H의 명함이 C의 것이라고 착각한 것이라고 설명했다. 경찰은 진술 녹화실에서 조사를 받고 있던 H 대표를 보여주었다. 경찰은 이 사람이 K의 생일에 참석한 사람이냐고 다시 확인했다. 나는 그가 아니라 조금 전 캠코더에서 보여준 첫 번째 사람이라고 특정했다. C의 인상에 특징이 있냐는 질문에는 정확하지는 않지만 웃을 때 보조개가 들어갔고 약간 배가 나왔다고 답했다.

6차 조사에서는 대표 K가 일본에서 체포되었기 때문에 주로 ㄷ엔터와의 계약이나 술자리에 관한 조사가 이루어졌다. 그리고 성추행 사건에 대해서는 합석했던 사람들에 대한 것과 과거 진술에 대한 설명을 반복했던 정도였다.

당시 수사를 맡아 경찰의 진술조서를 검토했던 검찰은 내가 장자연을 성추행했다며 사진을 보고 지목한 인물이 처음엔 H였고, 이후 많은 조사를 거쳐 H에게 정확한 알리바이가 나오자 그제야 'H가 아닌 C라고 정정'했다고 했다. 하지만, 나는 처음부터 언니를 성추행한 인물의 이름이 C라는 것을 몰랐을 뿐이다. 5차 조사에서야 제대로 된 선면조사가 이루어졌고 아무런 정보도 없는 상태에서 2명의 동영상을 보고 정확히 C를 골라냈다. 동영상을 보고도 C를 H라고 불렀던 것이 바로 그에 대한 반증이다.

또한 C의 무혐의 처분이 내려진 두 번째 이유는 가라오케에 있던 참석자들 모두가 성추행 장면을 보지 못했다고 진술했다는 것이었다. 하지만 재수사 과정에서 C가 나를 제외한 나머지 참석자들과 진술을 짜 맞추고 거짓말을 반복한 것이 드러났다. C는 H에게 죄를 덮어씌우기 위해 H가 생일 파티에 참석해 자신과 서로 통성명을 나눴고, 장자연이 테이블 위에서 춤을 추다 자신을 향해 넘어지자 옆에 있던 H가 성추행을 했다고 진술했다.

하지만 H는 그날 가라오케에 오지 않았다. 또한 자신도 가라오케 술자리에 참석했다고 진술한 A라는 사람이 있었는데, 그는 장자연이 성추행 피해를 당한 적이 없다고 진술했다. 하지만 A라는 사람은 당시 외국에 있었다는 사실이 드러났고, 추궁을 하니 "C가 시켜서 그랬다."고 실토했다. 초기 수사를 담당했던 검찰이 의존했던 것은 거짓말로 입을 맞춘 참석자들의 거짓진술이라고 할 수 밖에 없다. 현장에 있지도 않았던 사람에게 누명을 씌우고, 참석자들끼리 서로 진술을 짜 맞추면서까지 거짓 진술을 해야 했던 C의 진짜 속사정이 무엇이었는지, 나는 알 수 있을 것 같다.

변호인단의 반대 신문은 시간이 길어질수록 점점 무뎌져 가는 느낌이 들었다. C를 특정한 내 진술을 반박하기 위해 몇 장의 과거 조서들을 보여주며 몇 가지 질문을 던졌을 뿐, 치열하게 진위를 다퉈야 했던 내용도 별로 없었던 것 같다. 2시에 시작된 증인신문은 네 시간 넘게 진행되고 있었다. 처음 법정에 들어설 때의 긴장감은 사라지고 나는 이 공판의 끝이 궁금해졌다.

'장자연 사건'은 진실과 마주하려 할 때마다 큰 좌절에 부딪혀왔다. 어두운 배후와 그들로부터 흘러나온 외압, 그리고 유착세력에 의한 축소와 왜곡이 진실을 묻어버렸다. 하지만, 진실은 궤멸하지 않는다. '무혐의'라는 이름으로 흩어져버렸던 진실의 조각들을 사람들은 하나씩 찾아냈고 이제는 퍼즐을 맞추어가자는 결의를 만들어냈다. 거짓에 맞서는 담대함으로 더 많은 사람들이 그 퍼즐 조각을 찾아내 실체를 완성해가기 위해 힘을 모았다.

나의 잘못이 아닌데도 나의 잘못 같았던 언니의 죽음. 나는 그것을 증언하는 일에 미련하리만큼 애를 써왔다. 보고 듣고 겪은 일들을 증언하며 나또한 상처를 입었다. 아픈 기억을 마주하는 것은 누구에게나 힘든 일이다. 그 기억을 다시 떠올리는 일은 너무나 고통스러웠고, 진실이 거짓이 되어버리는 세상 앞에서 침묵하고도 싶었다. 하지만 죽음으로 말하려 했던 언니의 고통이 다시는 또 다른 누군가에게 반복되지 않아야 한다는 생각으로 나는 그 기억들을 피하지 않고 다시 마주했다.

다행히 이번에는 혼자가 아니었다. 이 사건을 되살려 내가 증인석에 다시 설 수 있도록 자리를 만들어낸 많은 사람들이 함께 있었다.

타고 왔던 차에 올라 법원을 빠져나왔다. 사람과 사람이 만들어낸 새로운 풍경 속으로 차가 달린다. 그렇게 나의 열세 번째 진술, 법정 증언이 모두 끝이 났다. 나는 말한다.

"내 잘못이 아니야, 네 잘못도 아니야."

책을 끝내며

한 아이가 있었다.
그 아이는 밝게 빛나는 햇빛 속에 길을 떠났다.
더 멀리, 더 높이 가보고 싶었다.

그 길에서 누군가를 만났다.
화려하게 치장한 그는 늘 많은 사람들로 둘러싸여 있었다.
아이는 그와 함께 가고 싶어 그를 따라 나섰다.
그가 아이에게 보여준 세상은 지금껏 보지 못했던 낯선 풍경이었다.
호기심 많던 아이는 모든 것이 흥미로웠다.
그와 함께 더 멀리 가보기로 했다.
다른 아이도 함께였다.
둘은 떨어지지 않으려 손을 꼭 잡았고 친구가 되었다.

그렇게 발길을 옮기다 보니 어느덧 해가 져서 사위가 어두워졌다.
어둠 속에서도 두 아이는 그를 따라 걸었다.
가까운 곳에서는 짐승의 울음소리가 들려왔고
발치에서는 가시 덩굴이 발목을 휘감았다.

한치 앞도 보이지 않는 험한 길을 걷느라 두 아이는 서로를 놓치고 말았다.

아이는 숨을 몰아쉬며 달음박질쳤고 혼자만 그 어둠 속을 빠져나왔다.

뒤돌아보니 아이가 걸어온 길은 어둡고 습하고 폐쇄된 긴 터널이었다.

그곳에 홀로 남겨졌을 친구를 생각하며 아이는 울음을 터뜨렸다.

한참을 고통 속에 살아야 했던 아이는 병이 났고

세월이 흘러도 여전히 상처는 치유되지 않았다.

홀로 남겨진 친구 곁으로 가고 싶어 몹쓸 짓도 했다.

그렇게 10년이 흘러 아이는 어른이 되었다.

그녀는 어둠 속에 남겨진 친구를 찾아 나섰다.

***

　잔혹동화 같은 이 이야기가 바로 지난 10년간의 내 삶이다. 자연 언니와 함께 했던 시간은 기껏해야 1년 남짓, 하지만 나는 그보다 10배가 넘는 시간이 흘렀음에도 언니를 잊지 못했다. 트라우마는 이겨내는 것이 아니라 견뎌내는 것이라고 들었다. 지금도 나는 언니의 죽음을 견뎌내고 있는 것인지도 모른다. 나를 애기야 하며 다정하게 부르던 그 목소리를 지금도 잊을 수가 없다. 내가 먼저 언니에게 손을 내밀지 못했다는 자책감과 회환으로 나는 13번의 증언을 했다. 그것이 살아남은 내가 언니를 위해 할 수 있는 일이라고 생각했고, 지금도 그 생각에는 변함이 없다.

　내가 알던 자연 언니는 맑고 여린 사람이었다. 그런 언니가 남몰래 받았던 상처, 그리고 쓸쓸히 자신의 손으로 삶을 마감해야 했던 그 고통까지는 어느 누구도 헤아릴 수 없을 것이다. 나는 사건이 일어난 후 한국을 떠나오고부터는 정작 단 한 번도 언니의 이름을 소리 내어 불러보지 못했다. 세월이 흐른 뒤에서야 그동안의 침묵을 정리하고 나는 생각을 정리하고 또 정리했다. 그리고 이제는 진실이 밝혀지기만을 소망하고 또 소망한다.

올해로 언니의 사망 10주기가 되었다.

한때는 같은 길을 걷는 친구였고, 어린 나를 세심히 챙겨주며 웃던 언니였다. 나이 사십이 되고, 오십이 되어도, 그보다 더 많이 나이를 먹어도 배우이고 싶었던 사람. 장자연. 미처 꿈을 펼쳐 보기도 전에 세상을 떠난 자연 언니 앞에 흰 장미 한 송이를 바치는 마음으로 이 글을 썼다.

언니의 유족에게 다시 상처를 주는 것은 아닌지 염려가 된다. 하지만 언니와 나의 기록이 이 땅 위에 더 이상 억울한 죽음을 만들어내지 않기를 바라는 마음에서 진행한 일이니 널리 이해를 해주시리라 믿는다.

끝으로 오롯이 나의 이야기를 진실로 남길 수 있도록 힘써준 모든 분들에게. 그리고 어쩌면 나보다 더 힘든 삶을 살고 있고, 지금도 고통에서 벗어나지 못한 분들에게도 당신의 잘못이 아님을, 우리의 잘못이 아님을 말하고 싶다. 그 긴 터널을 지나고 나면 밝고 따뜻한 햇살이 반드시, 반드시 빛나고 있다는 말을 감히 전한다.

지금까지 살면서 은혜를 참 많이 받았구나 하는 생각이 든다. 이 지면을 통해 감사 인사를 드리고 싶은 분이 참 많다. 늘 나와 동행하시며 내 삶을 인도해주시는 하나님. 세상 그 누구보다 믿어주고 응원해준 사랑하는 우리 가족과 이승한, 김재영, 손남목, 김영라, 최등영, JTBC 손석희·이호진·임지수, 김어준의 뉴스공장 김어준·양승창·도미라·박현영·문옥현, PD수첩 김정민·장은정·이선영, 이상호, 고발뉴스 제작팀, 민주사회를위한 변호사모임 여성인권위원회 소속 원민경·김인숙·전민경·박인숙·이주희·조미연·이경재, 엄세라, 문세림, 차재일, 송다혜, 장은아, 김세라, 주보라, 김효라, 김보라, 김용장, 김푸름, 박애정, 김무영, 신기현, 표민수, 박래미, 곽지혜, 백한나, 이예슬, 이예진, 조가희, 이보람, 한세인, 김열, 김지나, 김수용, 김영일, 이화정, 오상아, 김용호, 박주경, 박성혁, 박상혁, 최민경, 유수영, 정보라, 박찬, 성하윤, 조율, 이현국, 김민규, 최상옥, 김현명, 손진욱, 곽지혜, 박소정, 박광철, 류정덕, 박주영, 김지우 님, Elka Sukhee Erdenetuya, Kristina Liu, Sam Liu, Georgi Videnov, Allen Chung, Sam Kim 에게 감사드린다.

캐나다에서 윤지오

13번째 증언

1판 1쇄 발행 2019년 3월 7일
1판 3쇄 발행 2019년 3월 21일

지은이   윤지오

발행인   김성룡
교정   김은희
표지   전수현
디자인   김민정
삽화   윤지오

펴낸곳   도서출판 가연
주소   서울시 마포구 월드컵북로 4길 77, 3층 (동교동, ANT빌딩)
구입문의   02-858-2217
팩스   02-858-2219

/ 배우 장자연의 추행직인 피해 사례입니다.

김성훈 사장님 하께 계약을 하면서 김성훈 사장님 강요은 얼마나

심했는 했더니 센소가 없습니다.

2008년 9월경 ▮▮▮▮▮▮▮▮▮▮ 로사장 실내에 지로 부러서

장사니 요자는 하께 만들었습니

그후 몇개월 우 김성훈 사장이 ▮▮▮▮▮▮▮▮▮

▮▮▮▮▮▮ 만들어 제에게 하사를어서 순정대는 시켰습니다.

(기억이산안납니다)
2008년 2경 ▮▮▮▮▮▮▮▮▮▮▮▮ 김성호 사장님이

술을 많이 드시고 지도 남모에 가둬놓고 손과 헤티링 (본명) 으로

머리로 수없이 때리면서 자신한테 제기 남자나 여자와 성적인 접촉

해취본적이 있냐면서 온갖 묙선로 구타를 당했습니다.

▮▮▮▮ ▮▮▮ 사신은 세겨 안고 있고다는 이유로 구타를 하였습니다

그리고 ▮▮▮ 사람들이 있으니까 눈 앞에 나오라며 바로 대비 긴전

불러 입에 ▮▮▮ 냈습니다. 어느날 부더 김성호 사장이 긴억하리고

만모어기긴데 ▮▮▮▮▮▮. 어려 가겠냐고 매니저 ▮▮▮▮가 만나긴 외해에 혀사도비

▮▮▮▮ 들이닥쳤고 김성호 사장님 진미도 들이닥쳤다고 했습니다.

그 여부는 김성훈 사장이 ▮▮▮ ▮▮▮ ▮▮▮ ▮▮▮

갑제 5 호증 1

을제 1 호증

수많이 성실보 상응하는 ●   ●

했다며 협박 문자를 오개고 거라 저희 언니수 명예 훼손으로 고소하셨다

용보 하면걸 핸드폰으로 녹음 했습니다.

제가 KBS 드라마 "꽃보다 낭자"를 촬영할때도 진행비는 저에게

부담시켰고 이건도 모자나 매니저 월급 및 ███████████

미용실비 모델 제가 부담하게 강요 하여 제 ████ 충당했습니다.

그럼에도 부족하고 어떤 강동노영 ███ 태덕께 곤프치러 오는데 드라마 스케쥴 때매

태덕으로 와서 술 및 곤프접대를 요구하였습니다. 그요구를 제가 응하지 않자

화상도 니은으로 렌트해서 드라 다니서도 매니저에게 ███ 이야기를

했습니다. 저는 김성훈 사장님 ███████ 제안건와 ███████

███████ 그끼러 ███ ███ ██면명 300만천연수 받고고 끝 없는

사강님의 지인나의 술성대 강요 받았으며 그렇게 지내면서 저는

이로 인해 정선과 치료 먼저 넙는습니다.

저는 배우의 꿈을 갖고 살고 ███ 그 꿈을 위해 소속사 더런먼즈

언터턴먼트 김성훈 대표의 두접대 강요 및 권력와 목성과 또 구타로

런덕와 하였습니다. 저 뿐만 아니라 근거하고 있는 인나까지 김성 사장님의

폭면과 목설과 형택를 당했습니다. 저는 눈성 정력까 같은일은 하고

수많이 눈접대와 장사리를 강요 받아야 했습니다.

저는 나군하고 줄 없는 인안 배우입니다. 이 고통에서 벗어나고 싶습니

9. 그 28 ███ 1307 ███ - 2███   ███

배우 장자연의 피해□□례 입니다.

2008년 1□월경

김성호 사장□미방 □□ 서와 □□□는 하면서□

두분이 ██ □게 "년" 이나□ 서로 목□ 하면서

김성호 □광이 내가 ████ □이겠다□ □□□ 다 끊어버리□

있다고 얘기하□ 듣요□□다

고□ ████씨가 □□□ 위해 매번 그자리에 나갔□는데

(혼자서) ████□□ ████씨□□ 저□ 더 이뻐하기 때□기

너□ 대신 부□□□□ 会사중에서 저□ 호성대로 시켰□□다.

위의 사실에 □□□□□ 과장□□□ □□진 하나 없□□

어떤댄크 엔터테인□ 김성□ (본명□ 김종승) 대표로 인해□ 고통받□

피□4□ 입니다.

2월 28일.

6█████ 미█████

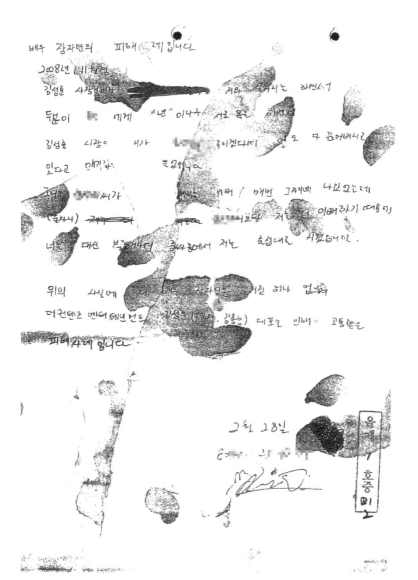

갑제 5 호증 2

을제 호증 □2

배우 강사연의 피해사실 입니다

2008년 10월경 ▮김용건▮ 사장님이 ▮▮씨가 ▮▮에 출연하게 ▮으니

김성훈사장이 ▮▮ 드라마 캐스팅에 갈음 ▮▮ ▮며 저는 ▮▮에

출연시켜 죽겠다며 방에 ▮▮을 보며 ▮▮▮을 강요하며 ▮▮대

하였습니다.

또한 김성훈 사장님이 ▮▮ 몸값으로 ▮▮고 장난치고 이로 인해

▮▮ ▮▮ 대표님이 본인 세잔사 드라마에 ▮▮씨는 안쓰게

▮▮씨 이미지는 ▮김성훈 사장이 ▮망쳐진 일▮▮ 미안합니다.

또한 ▮▮ ▮▮▮에서도 ▮▮▮의 출연은 미끼로 저에게 김성훈 사장님

너를 100% 출연시켜 주려니 내가 시키는 대로만 하자고 하였으며

▮성대▮ 두차례 강요 이었습니다.

위의 사실에 서 매우 상세면도 거짓 하나 없으며

더 컨텐츠미디어 엔터먼트 김성훈 (▮본명. 김갑승) 대표로 ▮▮

고통 받은 피해 사례 입니다.

2월 28일

80▮▮▮ - 2▮▮▮▮

진실의 눈